DARE ALLA LUCE

breve

romanzo

biografico

MICHAEL DIMARCO

"*Dare alla Luce* è una grande testimonianza di ciò che si può realizzare applicando l'immaginazione alla storia familiare. Ben studiata e presentata chiaramente, la novella cattura l'esperienza dell'immigrazione italiana negli Stati Uniti del XX secolo in un modo che risuonerà in tutti noi."

➡ **Fred L. Gardaphé, Ph.D.** Professore illustre di
studi italoamericani al Queens College, CUNY, e al
John D. Calandra Italian American Institute.

"Dietro ogni persona c'è una storia, e la storia di Di Marco è un altro pezzo dell'invisibile puzzle umano chiamato immigrazione. In un certo senso, tutti gli immigrati condividono alcuni sentimenti ancestrali riguardo al lasciare la propria terra d'origine e ricominciare da capo in un Paese straniero. È un viaggio nel passato in cui la vecchia realtà del paesino del sud Italia si scontra con quella nuova negli Stati Uniti. Il racconto di Michael Di Marco parla di un vissuto, una voce tra altre milioni di voci, che appartiene però a tutti gli immigrati."

➡ **Renato Ventura, Ph.D.** Professore associato,
Global Languages and Culture, University of Dayton

"Un romanzo che si distingue... descrivendo avvenimenti e luoghi geografici in uno stile simile al Realismo lirico di Giovanni Verga. È un piccolo capolavoro, al quale auguro un grande successo".

➡ **Alessandro Teti** (Castel di Sangro, AB),
autore di *Castel di Sangro, 13 maggio 1815:
Una battaglia dimenticata.*

Dichiarazione di non responsabilità

Questa è un'opera di fantasia basata su eventi reali. Alcuni nomi, personaggi, attività commerciali, luoghi e circostanze ivi presenti sono il prodotto della creatività dell'autore o utilizzati in modo fittizio. Ogni riferimento a persone, luoghi ed eventi realmente esistiti o esistenti è puramente casuale. Questo libro trae spunto dai ricordi e dal vissuto dell'autore. Nomi e personaggi sono stati in parte cambiati, alcuni eventi riassunti e dialoghi ricreati.

Progetto grafico in copertina di
Via Media Publishing Company
Immagine creata con openart.ai
image_538YOELv_1715984886706_raw.jpg

ISBN 979-8-218-62333-3

Diritti d'autore © 2025
Tradotto da Ilaria Battaglia
Via Media Publishing Company
Santa Fe, NM 87501 USA
Email: contact@viamediapublishing.com

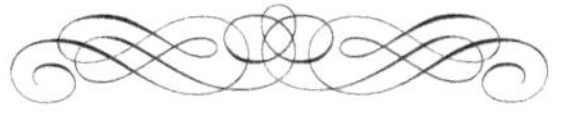

L'indice

capitolo 1

Dare alla luce

Il sindaco, Angelo Di Fiore, giunse a casa nostra appena in tempo per assistere alla nascita del quarto dei miei figli. Spinto dalle contrazioni, che arrivavano al ritmo dei respiri di mia moglie Antonia, il corpicino iniziò a poco a poco a emergere dal ventre, venendo al mondo. Era snervante il pensiero che di bambini nati morti, in paese, se ne contava un gran numero. Mia sorella Giulia tergeva la fronte madida di mia moglie, mentre Carmela, la levatrice, si accingeva premurosa ad accogliere il neonato. Alla vista di quel maschietto sano e forte, i miei occhi si riempirono di lacrime di gioia. I vagiti erano lievi eppure carichi di vigore. Reggendolo con entrambe le mani, Carmela adagiò il bimbo tra le braccia della mia Antonia, che sorrideva irradiando amore. Mi sentivo combattuto tra la felicità di avere un quarto figlio e la preoccupazione per il suo avvenire in Molise.

Raggiunsi il letto e mi chinai su Antonia, spostando una ciocca dei suoi capelli neri e setosi per baciarle la fronte. Avevamo già deciso, qualora Dio ci avesse mandato un maschio, di chiamarlo Michele, come il padre di lei. Di quel giorno speciale—17 luglio 1893—volevo imprimere in mente ogni particolare; l'aria calda del pomeriggio estivo saliva da valle fino al nostro paese di montagna, portando con sé l'odore della paglia lasciata nei campi a essiccare. Mentre mi perdevo nelle sensazioni del momento, il sindaco ruppe il silenzio facendo un annuncio.

"Congratulazioni, cari Antonia e Serafino Di Marco! Con l'arrivo di Michelino, la popolazione di Montenero Val Cocchiara è giunta a quota duemila! Ci son voluti mille anni dalla fondazione del villaggio per raggiungere tale traguardo. I pochi coloni originari si stanziarono in quest'area per lavorare la terra e allevare il bestiame, contribuendo alla stabilità della vicina Abbazia di San Vincenzo. Vivevano lungo la palude a valle, in semplici costruzioni in legno composte da un unico ambiente; oggi, invece, abbiamo solide case in pietra in cima a questo monte nero, da cui Michelino potrà ammirare le vette dell'Appennino."

La levatrice consentì a poche parenti e amiche di Antonia di entrare nella stanza. Il sindaco Di Fiore mi prese per la manica della camicia e mi condusse fuori di casa. Impiegammo un quarto d'ora per percorrere l'acciottolato che portava alla taverna, dove un folto gruppo di amici attendeva di festeggiare la nascita di mio figlio. Non appena misi piede sulla soglia, si udì un boato: "Un brindisi a papà Serafino!". Vidi levare verso di me un centinaio di bicchieri, colmi fino all'orlo, di Chianti o Marsala, cui seguirono cicchetti di sambuca, Martini e vermut.

"Amici miei, Antonia e io vi ringraziamo di cuore! Anche il mio Michelino avrebbe piacere a unirsi ai festeggiamenti. E in segno di riconoscenza berrebbe moltiiissimo, finendo poi di sicuro col fare la pipì addosso a tutti!" I presenti si aspettavano questo genere di humor e risposero a tono.

"E il padre? Ho sentito dire che il bambino somiglia a Bobo, lo scemo del villaggio!", domandò l'oste.

Il locale si riempì di risate, ma prima che lo scroscio scemasse del tutto, mio fratello Donato esclamò:

"Meglio somigliare a Bobo che ereditare la faccia da scimmione di Serafino!"

"Serafino, gli hai contato le dita dei piedi?" chiese il casaro.

"Adesso che c'è un neonato, sulle mammelle gonfie di Antonia non ci sarà più posto per la tua capoccia!", disse uno dei più volgari della combriccola, smorzando subito la battuta con un'esternazione più amichevole: "Però avrai più tempo per stare con noi, a dire cazzate mentre giochiamo a scopa con le carte truccate!"

Andammo avanti a bere, mangiare e scherzare fino alla chiusura. Era lunedì sera, l'indomani ci attendeva il lavoro. Lasciammo l'osteria di buonumore e rientrammo ognuno a casa propria, sotto il chiarore di una luna quasi piena. Ci svegliavamo al canto del gallo per occuparci della terra e degli animali, faticando pressoché quotidianamente dall'alba al tramonto.

Una volta a casa, alla luce fioca di una lampada a olio, vidi Antonia dormire con accanto Michele: il meritato riposo dopo otto ore di travaglio. Carmela, la levatrice, stava sveglia su una sedia a dondolo con in braccio mio figlio Pasquale, di appena tre anni. Anche lei pareva esausta, così le diedi il cambio affinché potesse andarsene. Pure le mie cognate, Angela e Domenica, si congedarono; l'unica a restare fu mia sorella Giulia: sarebbe stata lei a darci una mano prendendosi cura di mia moglie e dei bambini. Dei miei sette fratelli, cinque erano femmine; potevo confidare nell'aiuto di due di loro finché Antonia non si fosse sentita forte abbastanza da tornare alla sua consueta routine.

• • •

Quando c'è un problema di salute, il medico del paese è solito auscultare il petto o la schiena con lo stetoscopio, chiedendo al paziente di ripetere la parola "trentatré", gli anni di Cristo al momento della crocifissione. Alla nascita di Michele avevo trentatré anni; adesso ne ho quarantotto. Dovrò mantenermi sano e forte per molto tempo ancora, così da contribuire al sostentamento della famiglia. L'amore per Antonia e per i bambini mi infonde forza ed energia. Rimugino spesso sul futuro che ci attende: è questo il luogo ideale in cui vivere? Cosa offrono questo villaggio e la sua terra? Come posso provvedere al meglio per la mia famiglia? Benché questi pensieri mi destino preoccupazione, nutro speranza per l'avvenire dei miei figli confidando nella grazia di Dio.

La nostra quotidianità, fatta di attività tanto prevedibili quanto il sorgere e il tramontare del sole, è sempre uguale da quando convolammo a nozze, il 21 settembre di diciannove anni or sono. Siamo gente rurale, legata alla terra e ai suoi ritmi. Ci occupiamo del bestiame e dei campi; inoltre, stiamo allevando sette figli. Gli unici veri momenti di stacco dalla monotona routine sono le festività e la domenica, il giorno del riposo.

Arrivare a sposarci fu quasi un miracolo: in un paese di duemila abitanti, non è facile trovare un coniuge. Solitamente, sono i familiari a presentare i potenziali candidati, che talvolta vengono persino individuati nei villaggi vicini. Le donne raggiungono in gruppo località situate a una, due ore di cammino, come per esempio Alfedena, per vendere uova e racimolare qualche soldo, appurando al contempo se ci siano degli scapoli disponibili.

La mia Antonia è nata a Montenero e, prima di frequentarci seriamente, dovemmo accertarci di non essere in qualche modo imparentati. Siamo entrambi dei Di Marco, cognome molto diffuso qui in Molise, ma non tutti i Di Marco sono uniti da legami di sangue. Poiché Montenero è sotto la giurisdizione del vescovo di Trivento, Sua Eminenza verificò che le nostre linee di sangue fossero distanti abbastanza da poterci unire in matrimonio. Affrontiamo assieme ogni nuovo giorno da quel fatidico sì.

Contrariamente alle attività quotidiane, alquanto prevedibili, le nostre conversazioni sono sempre molto originali. Di norma, al rientro dal lavoro, trovo un piatto caldo preparato con cura da Antonia. Solitamente sa con giorni di anticipo cosa metterà in tavola: cuoce il pane per tutta la settimana e lo baratta con vino, salsicce o formaggio. Riunirmi al desco con mia moglie e i bambini è un'immensa gioia. Ci rilassiamo mentre a turno ci raccontiamo le rispettive giornate. Uno dei maschietti ha catturato una rana nel fiume Zittola; la femminuccia, invece, si è cucita un bottone sulla camicia. Si è rotta la tosatrice. L'ultimo nato ha detto "fafafa" anziché "farfalla", facendoci ridere. Da genitori, offriamo spesso supporto ai nostri figli, nonché spunti per chiacchierate divertenti sulle nostre stranezze.

Non appena i ragazzi vanno a letto, Antonia e io ci ritiriamo in camera e affrontiamo argomenti più importanti, come le nostre finanze e le priorità lavorative, ma soprattutto parliamo dei nostri figli. I due maggiori, Giuseppe e Carmine, ragionano già autonomamente e sono testardi, ma lavorano sodo. Michele e Pasquale sono maturati in fretta negli ultimi quindici anni e ci danno una grande mano nell'accudimento dei tre fratelli minori, Elvira, Filippo e Vincenzo.

"Pasquale prende da te, Antonia, sotto molti aspetti. È tutto la mamma. Ha lineamenti fini e buone maniere. Stravede per i fratellini e sembra volerli aiutare a crescere in quattro e quattr'otto, ma quando è con loro torna un po' bambino."

"Sì," dice Antonia, "per avere diciassette anni è proprio posato. È anche un gran lavoratore, come Michele, che tra i due pare il più grande nonostante abbia un paio di anni in meno. Da te ha ereditato la forza e l'ampio torace. Le maniche di giacche e camicie ti stanno sempre corte, i polsini non cadono mai all'altezza giusta. Sì, hai ragione, Pasquale ha preso da me, ma Michele è la tua copia."

Questi due figli sono una benedizione. Detesto far presente ad Antonia che gli altri cinque mostrano invece alcuni dei più tipici tratti adolescenziali. "Forse abbiamo viziato i maggiori, Giuseppe e Carmine. Mettono sempre sé stessi al primo posto. Non considerano le opinioni altrui e finiscono per discutere con chiunque. Elvira è esuberante; direi che si accende facilmente, sin troppo! Forse per lei è stato un trauma scoprire che mio padre è morto nemmeno un mese dopo la sua nascita. Gli altri tre maschi sono vivaci, come piccoli uragani che corrono per casa. Sei così paziente con loro, mia cara. Ti ammiro."

Antonia non si prende tutto il merito: "Sono contenta che le nostre sorelle vengano a dare una mano quasi ogni giorno. Sono tanto premurose a trovare il tempo per stare con noi e sgravarci da tutto il da fare. Inoltre, è un'occasione per chiacchierare e sbrigare qualche faccenda, come lavorare all'uncinetto o miscelare la farina di granturco."

Rimaniamo per un attimo in silenzio. Antonia si volta verso di me e mi poggia una mano sul petto. Si gira su un fianco e accavalla la sua gamba sinistra sulla mia; poi, sussurra in tono seducente: "Sei stanco?"

Dopo vent'anni di matrimonio, capisco al volo e sorrido a quel suo fare allusivo. Posso percepire giorno per giorno la sua amorevole presenza mentre le nostre vite ruotano l'una intorno all'altra. A volte, quando ci abbracciamo, è davvero come fossimo una cosa sola: conosciamo i rispettivi pensieri, senza bisogno di parlare...

Con l'avvicendarsi delle stagioni, Antonia e io

assistiamo al rapido maturare dei nostri primi quattro figli. Ormai non sono più i nostri piccolini, sono diventati dei giovanotti.

Mentre lavoro la terra sotto al sole autunnale, freno i cavalli per asciugarmi il sudore dalla fronte. "Antonia, tutto bene?!" chiedo urlando a mia moglie, che si trova dall'altra parte del campo.

"Sì! Sì! I ragazzi stanno seminando e nel frattempo mi aiutano a rastrellare."

"Dirò loro di alternarsi al vomere."

Quando è tempo di raccolto, un esercito di uomini fa oscillare le falci a ritmo costante; nell'affilare le lame—lunghe un metro e mezzo—sull'apposita pietra, producono un melodico ronzio. Il grano cade ordinato al suolo, per poi essere trebbiato. È un lavoro estremamente faticoso, che incallisce le mani e irrigidisce le braccia. Pasquale e Michele tengono il ritmo senza lamentarsi; Giuseppe e Carmine seguono invece un passo tutto loro, che spesso non coincide con quello degli altri.

A quanto pare, i due primogeniti non hanno più voglia di apprendere. Sono chiusi al dialogo e allo scambio di vedute. Pasquale e Michele hanno imparato quasi tutto ciò che avevo da insegnare loro su come vivere in paese. Sanno usare gli utensili più comuni, tra cui scalpelli, tosatrice e strumenti per la lavorazione del legno. Conoscono entrambi la fauna locale, sia selvatica che domestica, e il modo in cui contribuisce all'equilibrio naturale e al benessere dei monteneresi. Sono anche perfettamente consapevoli di quali animali potrebbero costituire un pericolo improvviso, come ad esempio la vipera, il cinghiale, il lupo e l'orso bruno.

Grazie a loro, il giardino di famiglia è un prodigio

della natura che ci regala una varietà di ortaggi ed erbe aromatiche. I ragazzi sanno pure coltivare e impiegare oltre cinquanta piante officinali, utili tanto a noi quanto alle bestie, specie alle vacche, ai cavalli, ai maiali. Pasquale preferisce occuparsi delle vacche, provvedendo regolarmente alla mungitura; gli piace anche produrre i formaggi, come il caciocavallo e la scamorza.

Agricoltura, giardinaggio, pesca, macinazione del grano, cucina, igiene personale... quasi tutte le attività che si svolgono nel villaggio dipendono dall'acqua. La valle è benedetta dalla presenza del fiume Zittola; per l'uso domestico, tuttavia, ci serviamo della sorgente naturale che sgorga ininterrottamente al confine meridionale del paese. Per comodità, nel 1821 fu costruita una grande fontana in pietra a quattro bocche, dalle quali zampilla acqua fresca che confluisce poi in un vascone.

"Serafi', abbiamo finito l'acqua per cucinare, pulire e lavarci! I fusti sono vuoti, hai tempo di andare alla fontana?" chiede Antonia.

Carico il nostro somaro coi fusti vuoti, bilanciandoli sui fianchi, e scendo verso via Fonte. Giunto sul posto, trovo altre persone già intente a riempire orci d'argilla o barili in rovere. Cavalli e pecore si stanno abbeverando lì accanto. Le donne fanno il bucato, battendo ripetutamente i panni sulle pietre levigate. Quello attorno alla fontana è uno degli angoli più vivaci di Montenero, sia per la sua rilevanza pratica sia perché luogo di aggregazione.

Aspettando il mio turno, mi unisco alla conversazione tra alcuni presenti sulla loro vita quotidiana e i lignaggi ancestrali risalenti a secoli addietro. Due donne posizionano la giara piena in equilibrio sulla testa e si avviano verso casa. Un anziano col viso solcato dal tempo carica il suo barile colmo su un asino, e se ne va.

La vita nel villaggio non è molto cambiata rispetto all'antichità. Mentre attendo che i miei fusti si riempiano sotto il getto, la mia mente vaga. I miei figli dovrebbero rimanere a Montenero? Perché non trasferirsi altrove?

Così come per gli altri monteneresi nel corso dei secoli, realizzo che la più grande benedizione per la mia prole è il pantano, la vasta palude a valle distante dal paese una ventina di minuti appena. Qualsiasi aspetto di questo luogo ne testimonia l'unicità in termini geografici, nonché la considerevole fortuna di noi abitanti di poterci vivere.

La pianura a valle è relativamente asciutta per gran parte dell'anno, fatta eccezione per il fiume Zittola, che l'attraversa per lungo. A ogni esondazione, la terra attorno viene sommersa, specialmente durante il disgelo primaverile. La vasta area pianeggiante—larga quasi un chilometro a un'estremità e lunga circa cinque—offre ampio pascolo a centinaia di cavalli e bovini. La conformazione della valle ricorda un cucchiaio dal lungo manico; una val cocchiara, quindi, circondata da colline di natura carsica.

Al pantano, i bambini amano molto andare a caccia delle tante specie di farfalle variopinte. Le improvvise esplosioni di gioia che riecheggiano nella valle lasciano intuire quando il prezioso insetto è stato catturato. Di queste delicate creature alate esistono oltre un centinaio di tipi, sono innumerevoli. Dalla sponda del fiume, i bambini cacciano spesso a mani nude anche trote e anguille. Un gridolino può indicare che uno dei ragazzi ha preso un'anguilla,

lanciandola addosso alla ragazza di cui è invaghito... Sono gli stessi giochi che divertivano noi alla loro età.

L'abbondante varietà di fiori arricchisce la gamma cromatica dell'area. Ho sentito dire che se ne contano quasi tremila specie. I bambini sono perlopiù ancora troppo giovani per comprendere che fortuna sia vivere in questo paradiso naturale.

A volte, nel tempo libero gli adulti fanno delle escursioni sulle montagne vicine. Camminando, ci si trova presto circondati da alberi quali l'acero e il frassino fiorito; salendo di quota, querce, abeti bianchi e faggi modificano via via il paesaggio. Può capitare che la neve profili i rilievi più alti persino a estate inoltrata. Giunti in vetta, la spettacolare vista di Montenero in lontananza ripaga della fatica.

In cielo è possibile scorgere la maestosa aquila reale, ma è molto più probabile godere del volo di sparvieri e balestrucci. Gli uccelli migratori arrivano pure dalla lontana Africa. Lungo il fiume si trovano spesso gli aironi cinerini e le motacille. Nella folta vegetazione, gli escursionisti avvistano volpi, cervi e la grande lepre montana. Sì, i miei figli hanno appreso con l'esperienza diretta tutte le peculiarità del territorio in termini di flora e fauna.

Tra i tanti doni che la natura offre ai monteneresi

ci sono i cavalli Pentro: sono il nostro orgoglio e pascolano a centinaia nel pantano. Questa razza unica risale a migliaia di anni fa; viene da sempre impiegata per l'ottima carne, per il traino di carichi pesanti e per gli spostamenti; se ne può anche solo ammirare lo splendore. Di certo, anche capre, vacche e pecore sono per noi importanti, ma il Pentro simboleggia il carattere indipendente tipico degli abitanti di questa regione.

Michele ha un talento innato per i cavalli. Molti di quelli che abbiamo qui sono selvatici, ma mio figlio parla loro, li spazzola, li nutre... Ce n'è uno, in particolare, che nessuno può montare, eccetto lui. L'ha chiamato Gaius, in onore di Gaius Pontius, il comandante sannita che sconfisse i Romani in battaglia. Più maestoso di un cavallo di Troia—col suo metro e mezzo di altezza per quattrocento chili di peso—questo stallone rimane calmo soltanto se a montarlo è mio figlio Michele. Assieme, ricordano Cesare che cavalca senza sella.

Al di là dei doni della natura, cosa può offrire Montenero ai miei figli? Che futuro avranno in questo paese? Negli anni a venire, le loro vite miglioreranno o andranno a peggiorare? Al momento viviamo al limite, non siamo certo benestanti. Chi possiede la terra, una casa e magari gli animali se la passa bene. I nostri indumenti di seconda mano sono logori, ma abbiamo di che sfamarci e un riparo per l'inverno. Sì, a qualcuno mancano persino le scarpe. I più sfortunati devono elemosinare il pane, sperando nell'aiuto della gente di buon cuore. I sette mulini sono in perenne attività. Il pane fresco di Antonia rende ogni pasto appetitoso; la sua polenta con sugo di salsicce caserecce è un piatto molto ricorrente ma sempre gradito.

Sono i più indigenti a preoccupare maggiormente, soprattutto al verificarsi di disastri naturali come le cattive annate, i terremoti, o quando colpisce un'epidemia, come quella di colera del 1854. Ma ce la caviamo. Il nostro patrono, San Clemente, portato qui dalle catacombe romane nel 1776, protegge tutti, specie i fedeli praticanti; la processione annuale e il falò in occasione della festa di Sant'Antonio, nel mese di gennaio, assicurano che i nostri animali stiano in salute e ci procurino il necessario.

Il nostro è un tipico borgo, uno dei tanti di cui sono costellate le aree rurali del sud Italia. Nella nostra regione, i paesi situati ad alta quota, in mezzo all'Appennino, si differenziano da quelli più in basso, vicino alla costa adriatica. I paesi di montagna si trovano abbarbicati sulle caratteristiche colline. I passaggi tra le file tortuose di edifici in grigia pietra calcarea offrono un po' di riparo quando è ventoso. Le località montane dell'entroterra erano le più sicure ai tempi delle incursioni piratesche: i musulmani attaccavano i villaggi sul litorale, prelevando i nostri fratelli per condurli sulla costa barbaresca del Nord Africa e ridurli in schiavitù.

Camminando per Montenero, è possibile ravvisare la topografia medievale che rivela la natura difensiva del luogo. La roccia naturale e la pendenza del terreno sono elementi integrati sin dal principio nella pianificazione urbanistica. Spesso ci raduniamo davanti al palazzo comunale, nei pressi di Porta Nova, passaggio circondato da mura fortificate. Tra un edificio e l'altro, ci sono corridoi segreti un tempo utilizzati per sfuggire agli attacchi, come quelli sferrati dai banditi che si aggiravano per la regione.

A Montenero, le abitazioni private sono in prevalenza modeste e di piccole dimensioni; ce ne sono poi alcune che riflettono il più elevato status sociale dei proprietari, come il palazzo ducale nella parte alta del paese, che chiamiamo "la Corte". La residenza risale ai primi del XVI secolo. Famiglie nobili come i Carafa, i Sangro e i Caracciolo vi hanno dimorato fino al 1700.

La secolare casa Mannarelli, appartenuta a un "fabbricante e sarto", presenta sulla facciata, proprio all'ingresso, splendide incisioni altamente decorative: fiori, emblemi religiosi e quel che sembra rappresentare delle forbici—o è forse un umoristico simbolo fallico? Nelle vicinanze si trova casa De Archangelis-Del Forno, costruita nel 1691, che attualmente ospita una farmacia. Il foyer a più archi, magnificamente progettato, è messo in risalto dal pesante portone ligneo a doppio battente, che può essere serrato con una robusta trave. Sulla facciata, in alto a sinistra, è visibile una feritoia orientata verso l'ingresso: in caso di visitatori indesiderati, come per esempio dei ladri, è facile averli sotto tiro.

Esiste poi un terzo edificio, impressionante per le sue dimensioni: si tratta di una costruzione a più piani in stile rinascimentale, risalente al 1751. La residenza fu commissionata da una famiglia arricchitasi con le transumanze stagionali delle greggi, che ogni inverno venivano trasferite sui pascoli pianeggianti più a sud passando per i tratturi. Per qualche anno, l'immobile fu riconvertito in ospedale; oggi, invece, offre alloggio a diverse famiglie. Anche i malati, gli infermi e i feriti trovano sostegno nella fede.

In periferia abbiamo alcune piccole cappelle, considerate delle sacre "sentinelle". In origine, la chiesa intitolata a San Nicola di Bari era molto importante, ma adesso lo è di più quella di Santa Maria del Monte Carmelo. Vera anima del paese, Santa Maria di Loreto, la chiesa madre, custodisce le reliquie di San Clemente. Fu fondata all'inizio del XV secolo, ed è lì che assistiamo alla messa domenicale. Il coro in legno intagliato, riccamente decorato, è dotato di un organo a mantice risalente al 1721. Gli altari sono dei secoli XVI e XVII. Il pavimento in pietra bianca è datato 1530. Le opere d'arte, come i crocifissi in argento e i dipinti a olio, sono grandiose. Le porte in legno sono in stile barocco; gli intarsi, in marmi policromi. Artigiani provenienti da Napoli, Sulmona e Pescocostanzo hanno realizzato i pezzi migliori.

A volte, dopo la funzione, raggiungiamo il portico a diciassette arcate sul lato della chiesa che affaccia sul pantano. Da lì, si può godere di una magnifica vista sui tetti rivolti a valle, sulle colline e le montagne circostanti. Accanto al portico si erge il campanile, sulla cui superficie in pietra è incisa la data 1570. Ad oggi, presenta i segni di interventi di restauro.

Mentre rifletto sul villaggio quale luogo di nascita dei miei figli, penso alla vita mia e dei miei genitori. Le radici della famiglia Di Marco risalgono almeno al 1753, come si evince dal dettagliato catasto, redatto per ordine di re Carlo con l'obiettivo di porre fine al feudalesimo. Forse il sistema fiscale dell'epoca era migliore di quello odierno? Un censimento della metà del XV secolo riporta i cognomi diffusi oggi a Montenero, ma dei Di Marco non vi è traccia. Chi conosce davvero i propri antenati? Che sia per divina provvidenza o per puro caso, siamo nati in questo tempo e in questo luogo. Posso solo immaginare l'avvenire e come esso sarà per i miei figli.

capitolo 2

Contro la fortuna il saper non giova

Da Montenero, in qualsiasi direzione si guardi, non è possibile scorgere altri borghi. Il paese è circondato da montagne verdeggianti, apparentemente isolato dal resto d'Italia e dal mondo. Può capitare, quindi, di sentirsi pervadere da un'ingannevole sensazione di beata tranquillità: il villaggio e la sua valle vengono spesso flagellati da bruschi temporali che ci gettano nel terrore. Stiamo vivendo tempi burrascosi, e io cerco riparo per la mia famiglia.

"Serafino, ti preoccupi troppo!" urla Guido, l'oste della taverna. "Non dimenticare il Risorgimento, il nostro Paese sta letteralmente ri-sorgendo! Il Regno d'Italia è ancora giovane e in crescita. L'operato di Mazzini, Cavour e Garibaldi ha iniziato a concretizzarsi al momento dell'Unità, e sta continuando a realizzarsi."

"Sì, avevo un anno alla proclamazione del Regno. Durante il processo di unificazione, ci furono rivolte persino qui a Montenero! Diamine, quando re Vittorio Emanuele II venne scortato in Molise dai militari, in paese vennero arrestati a dozzine... Fabrizio, Danese, Del Forno, Ricchiuto, Tornincasa e altri. Le accuse a loro carico erano pesanti—cospirazione, omicidio, vandalismo, furto e minaccia di morte. Preferivano che fosse la Francia a governarci, piuttosto che i settentrionali con capitale a Torino."

Il mio caro amico Nicola Scalzitti ordina un

altro giro. Mentre Guido ci versa da bere, Nicola parla di Giuseppe Garibaldi, un combattente indipendentista rientrato dal Sudamerica per sostenere l'unificazione del Paese. "Nel Regno delle Due Sicilie, sotto il dominio spagnolo, vigeva il caos. Si sperava in un nuovo governo che potesse portare stabilità nelle regioni meridionali. Il generale Garibaldi, assieme ai suoi Mille, non dovette far altro che impossessarsi delle terre e donarle al re. Trovando grande appoggio tra i locali, ormai stanchi della situazione, i soldati garibaldini dovettero fronteggiare una debole opposizione".

"Hai ragione, Nico'," concordo. "Queste importanti vicende risalgono a un passato piuttosto recente, ma in tempi più remoti sono accaduti tanti altri avvenimenti che hanno determinato il nostro presente. Abitare la metà meridionale dello Stivale ha sempre costituito uno svantaggio. Quante invasioni, e conseguenti sottomissioni, abbiamo subito dai popoli germanici—Visigoti, Vandali, Franchi, Svevi—negli ultimi duemila anni? Annibale condusse i suoi soldati e gli elefanti al di qua delle Alpi, distruggendo tutto ciò che possedevamo. E dopo arrivarono anche altri, tra cui l'Unno Attila!"

Nicola aggiunge ulteriori cenni storici. "Nella nostra terra sono ravvisabili pure le influenze longobarda e normanna; più avanti nel tempo, giunsero gli invasori francesi, spagnoli e austriaci. Le loro fortezze sono a tutt'oggi presenti in ogni regione, si pensi a quella spagnola dell'Aquila e ad altre nelle vicine Cerro al Volturno, Roccamandolfi e Barrea. Qualche castello è in rovina; tanti altri, invece, si ergono ancora adesso magnificamente, come quello svevo a Termoli, sulla costa".

"Non vanno dimenticati i conquistatori provenienti da sud," ricordò Guido, "come i Bizantini e i Saraceni. Gli Arabi stuprarono, saccheggiarono e misero a fuoco molta parte della Sicilia e del resto del Meridione. Un migliaio di anni fa, distrussero l'abbazia di Castel San Vincenzo, uccidendo alcuni monaci sull'altare maggiore. Il famoso complesso religioso è raggiungibile a piedi da Montenero, le cui origini sono appunto legate alle necessità dell'abbazia, al tempo bisognosa di gente che coltivasse la terra e allevasse il bestiame, contribuendo al contempo alla difesa del monastero da potenziali invasori".

Non posso fare a meno di riflettere sulle nostre antiche origini. "A quanto pare, siamo stati assoggettati fin dai tempi della conquista Romana delle tribù sannitiche, oltre duemila anni fa. I Sanniti furono gli ultimi a vivere liberamente in questa regione. All'epoca, i nostri cavalli Pentro popolavano già il territorio: almeno loro, così regali, poterono conservare in parte il proprio spirito indipendente."

Nicola annuisce concorde, poi avvalora il mio discorso. "Hai sentito parlare del sito sannita nei pressi di Pietrabbondante? È stato scoperto da circa mezzo secolo, sebbene risalga a più di duemila anni fa. I disegni che ho visto mostrano un complesso con vari templi, statue, armi e l'enorme teatro. Il tutto è situato su un'alta collina da cui si può ammirare il territorio sannita, che si estende per centinaia di chilometri. Sembra una dimora per gli dèi, piuttosto che un luogo destinato ai mortali. È come un punto di congiunzione tra terra e cielo."

Man mano che la cantina si popola di avventori, Nicola e io ci appartiamo a un tavolino per continuare la conversazione, lontani da orecchie indiscrete.

Meglio non rischiare che qualcuno con idee politiche diverse dalle nostre e un temperamento collerico ci si scagli contro, perciò stiamo attenti pur parlando sottovoce.

Il mio amico prosegue con una carrellata storica, a partire dalle prime tribù sannite. "Non c'è stato secolo in cui gli abitanti di questa zona non abbiano dovuto integrarsi con i conquistatori, come sta succedendo adesso coi settentrionali. Ci disprezzano, di certo non vogliono offrirci sostegno. È più semplice ucciderci o imprigionarci non appena se ne presenta l'occasione, o spedirci lontano da qui".

"Nico', noi meridionali siamo già emigrati a milioni, per la maggior parte in Nord e Sud America. Secondo il governo, la soluzione ai nostri problemi è aiutarci a lasciare il Paese, come dicevi poc'anzi. A differenza di molti qui, io simpatizzo per i settentrionali: sono più organizzati e collaborativi; noi invece ci scaldiamo facilmente, facendo prevalere il cuore sulla ragione. Non trovi? Diamine, non riusciamo neppure ad andare d'accordo tra noi, c'è molta ostilità tra la gente del luogo..."

"Sì, Serafi', su questo non posso che concordare. Oltre ai secoli di dominio straniero, forse è la nostra vena nascosta, l'istinto a reagire a prescindere dalle motivazioni. Le numerose e costanti rivolte, i piccoli furti e le aggressioni contro chi la pensa diversamente. Abbiamo avuto i famigerati briganti che vagavano sul territorio, sferrando attacchi come e verso chi pareva a loro. Uccidevano e venivano uccisi nei modi più orribili. Un brigante incise una frase su un masso nelle montagne abruzzesi: Nel 1820 nacque Vittorio Emanuele II, re d'Italia. Prima ci fu il Regno dei Fiori. Ora è il Regno della Miseria. Come possiamo ignorare questa corrente sotterranea di odio e disperazione? Dovremmo incolpare gli altri per i nostri problemi? E cosa possiamo fare per migliorare il Meridione e le nostre condizioni di vita?"

"Che dire, Nico'. I settentrionali non sanno come rapportarsi con la gente del sud. Purtroppo, già noi stessi facciamo abbastanza fatica a gestirci. Pare di combattere una battaglia persa in partenza. La corruzione è dilagante. Mentre parliamo, un delegato scelto dal prefetto della provincia sta provvisoriamente governando il nostro villaggio. È una questione iniziata nel 1886! All'epoca, il comitato provinciale di Campobasso riscontrò irregolarità e abusi d'ufficio. Proprio l'anno scorso sono state condotte delle indagini per individuare le problematiche e porvi rimedio. Sono passati vent'anni e nulla è cambiato! Tra gli amministratori regnano ancora negligenza, incompetenza e corruzione. Esistono poteri che agiscono nell'ombra e società segrete con un'organizzazione tutta propria. Si sente sempre più parlare di quanto la mafia si stia diffondendo e rafforzando."

"Caro amico mio, a che punto stiamo, adesso? Siamo sull'orlo di un precipizio a osservare i moti dei belligeranti europei! I Paesi sono tutti in competizione tra loro."

"Lo vedi anche tu, eh? I poteri politici su a Torino hanno scelto di combattere tre guerre con gli austriaci, riuscendo a riconquistare alcuni territori a nord-est popolati da gruppi italofoni. La Francia ha dato una mano, ma la politica si muove come le sabbie mobili. I Paesi più forti vogliono sempre più potere, ricchezza e terre, stabilendo colonie vicine e lontane, quando possibile, come l'Austria-Ungheria che governa Bosnia ed Erzegovina. Sappiamo dove sono arrivati altri

Paesi imperialisti con le loro armi, che si tratti di Germania, Francia, Gran Bretagna o Spagna. E il Regno d'Italia ritiene di dover fare lo stesso. Ma Nico', che vantaggi trarremo da questa situazione, anche a lungo termine?"

"Mi dispiace dirlo, amico mio, ma non riesco a vedere nulla di buono in tutto questo orgoglio nazionalistico. Sta solo portando a un perpetuo gioco di alleanze, una partita a scacchi politico-militare dalla quale usciremo tutti perdenti. È un dolore anche solo parlarne. Temo per le nostre famiglie, soprattutto per i bambini innocenti".

"Pur non potendo comprendere appieno l'arena politica, percepiamo le tensioni. Ne discute chiunque, è un argomento da prima pagina, nonché materia per studiosi. Nico', devo parlarne con mia moglie. Non sarà facile per lei, è una madre. Non le piacerà affrontare la questione. Eppure, milioni di persone hanno già abbandonato questo "paradiso abitato dai diavoli", come lo chiamano al nord. I miei quattro figli maggiori hanno l'età per trasferirsi e iniziare una nuova vita altrove. Lasciarli andare mi costa molto, è come se mi strappassero via un braccio."

Il mattino seguente Antonia mi lascia dormire. Neppure il profumo della moca mi desta. Quando finalmente mi tiro a fatica giù dal letto, vedo che mia moglie ha già vestito i bambini e preparato loro la colazione. Tranne che per i più piccoli, ha aggiunto un goccio di caffè alle tazze di latte caldo, che da bianco è diventato marroncino e cremoso. Avverto i postumi della sbornia, ho l'aspetto di chi è stato trascinato con l'aratro lungo un terreno roccioso. È domenica, faccio dunque del mio meglio per rendermi presentabile e di buonumore: sciacquo il viso, mi pettino e raggiungo gli altri a tavola.

"Buongiorno! Come stanno i miei angeli?"

La frittata e il pane fresco di Antonia mi danno un po' di conforto. Penso a come cambierà il futuro della famiglia e non riesco a scacciare l'ansia, che si sta impadronendo di ogni fibra del mio corpo.

Antonia e i ragazzi più grandi capiscono che sto cercando di nascondere i postumi della notte trascorsa alla cantina. Ignorano per quale motivo mi sono ridotto così. Non è da me, quindi sono curiosi, ma non fanno domande.

Finita la colazione, Elvira ha lavato la maggior parte delle stoviglie e adesso gioca con la sua bambola, mentre i ragazzi più grandi stanno uscendo per vedersi con i loro amici. Carmine, che ha quattro anni, è indaffarato con un giocattolo di legno che ho realizzato per lui lo scorso fine settimana. Quando anche Elvira esce di casa per incontrare un'amica, portandosi dietro il fratellino, Antonia approfitta per chiedermi come mai sono di così pessimo umore.

Ci sediamo sul balconcino che dà sulla vallata, con il sole del mattino che ci scalda la pelle. Inizio a illustrare i punti salienti della conversazione avuta con Nicola, arrivando alla conclusione che i nostri quattro figli maggiori dovrebbero emigrare. A questo punto, Antonia diventa una furia. In oltre vent'anni di matrimonio non l'ho mai vista reagire in modo simile. È come se l'avessi pugnalata dritto al cuore. In lacrime e molto turbata, si precipita in casa per nascondersi dal mondo. Col braccio provo a cingerle le spalle, ma lei si scrolla per allontanarmi.

Le parlo dolcemente dall'altro capo della stanza.

"Antonia, mia cara, se i nostri figli vivessero all'estero, in Paesi più ricchi e stabili, ne trarrebbero grandi benefici. Possiamo rimanere in contatto con la corrispondenza. Troverebbero dei buoni impieghi e tornerebbero ogni tanto a farci visita. Magari potremmo anche andare noi da loro o persino trasferirci per vivere vicini. Starebbero lontani dalla violenza a cui troppo spesso assistiamo da queste parti. Avrebbero l'opportunità di indossare abiti nuovi e scarpe buone, niente più roba di seconda mano. E soprattutto, Antonia, ho il sentore che le tensioni politiche in Europa sfoceranno in un conflitto. I nostri ragazzi verrebbero arruolati per garantire prosperità al nord, finendo poi con l'essere sacrificati perché meridionali. Se scoppia la guerra, potrebbero non tornare mai più."

Mia moglie se ne sta lì seduta, come assente. Piegata in avanti, e con la testa tra le mani, mormora "no, no, no". La mia presenza al momento è solo un ulteriore stress; decido quindi di fare due passi e lasciare che si calmi. Raggiungo i miei amici per una partita a carte nella veranda dell'osteria ai piedi del villaggio. Mentre stiamo al tavolo, il discorso vira sull'emigrazione. Anche altri stanno programmando di partire o di lasciare che i figli si trasferiscano in Paesi con maggiori opportunità. Siamo tutti sopraffatti dallo stesso enorme peso.

Due ore più tardi, rincaso e trovo Antonia indaffarata a pulire mentre chiacchiera con mia sorella Giulia. Nel vedermi entrare, mi guarda e, senza dire una parola, lascia cadere lo straccio sul tavolo e si avvicina per abbracciarmi, poggiando la testa sul mio petto.

"Scusami, amore. So che desideri il meglio per tutti noi. Vedere i ragazzi partire per un Paese straniero è quasi come saperli morti. So però che non è così, possiamo farcela. Anch'io voglio saperli felici e al sicuro."

"Saremo molto più sereni una volta che si saranno sistemati", le sussurro all'orecchio. "Ci racconteranno dei loro progressi e avremo la certezza che stanno bene. Sei una madre, per loro provi un amore forte, reso ancora più intenso dalle emozioni del momento. Avrei dovuto aspettarmi una simile reazione. Solo una persona dal cuore glaciale avrebbe reagito diversamente. Il tuo amore darà loro la forza di prendere la nave, imparare nuove lingue e lavorare sodo per costruire le proprie vite... e darci dei nipoti!"

"Serafino mio, trovi sempre il lato positivo. Va', parla coi ragazzi. Vediamo come la prendono."

"Di una cosa sono certo: non vorranno lasciare la loro amata madre. A prescindere da ciò che decideranno, terranno in conto anche questo. Non sarà facile per nessuno di noi. Parlerò loro domani, dopo cena. Mi serve un giorno per digerire la situazione. Voglio arrivare tranquillo all'incontro, pronto a gestire al meglio le loro domande e reazioni."

L'indomani lavoriamo come ogni lunedì. Rientrati dai campi, i ragazzi e io ci diamo una rinfrescata e raggiungiamo il resto della famiglia a tavola. Antonia ha preparato una zuppa di riso.

"Cosa c'è nella zuppa?" Guardo i più piccoli e, alzando un sopracciglio, continuo: "Questi puntini neri sono una spolverata di formiche mescolate a dell'ottima carne di vipera?"

Antonia mi guarda fisso negli occhi, brandendo in aria il mestolo di legno. I bambini si limitano a ridacchiare, stando allo scherzo leccandosi le labbra. Sono abituati alle mie battute. Adoro sentire le loro risate riempire l'aria.

Lanciandomi un'occhiataccia, mia moglie mi

serve una bella porzione di zuppa: "Ecco una variante speciale per il mio amato, aromatizzata con tenere chele di scorpione."

I bimbi ridono ancora, tuffandosi poi nelle scodelle come se non mangiassero da giorni.

"Non temete, bambini, nella zuppa ci sono solo riso, fagioli, sedano, cipolla, olio, sale, pepe, salvia e aglio. Se non vi piace, c'è sempre quella di scorpione di vostro padre."

Alla zuppa, segue un tenero stufato di cinghiale.

Mi complimento con la cuoca: "Siamo così fortunati ad avere sempre del buon cibo in tavola, ma questa cena è qualcosa di speciale. E non è neppure un giorno di festa! Mangiate, mangiate! Forza!"

Ci raccontiamo i fatti del giorno, tralasciando però la discussione tra me e Antonia. Elvira imbocca il piccolo Carmine. Gli altri divorano le loro porzioni e poi ne chiedono ancora. Io faccio altrettanto dopo essermi allentato la cintura.

Dico ai bambini che sono liberi di andare a giocare, invece i ragazzi più grandi verranno con me al pantano con gli avanzi della cena. Durante il tragitto incontriamo degli amici, che salutiamo al volo per non rallentare il passo. Davanti a noi, con centinaia di cavalli e mucche al pascolo, si stende il vasto pantano, i cui colori si accendono al tramonto. Le nuvole stanno virando al rosa e al viola, mentre gli uccelli sorvolano le alte vette montane. In questo momento di riposo dal lavoro possiamo godere appieno del paesaggio. È qui che hanno vissuto i nostri avi, è questa la nostra terra. Abbiamo forse del sangue sannita, ereditato da chi un tempo attraversava questa pianura in sella ai Pentro?

"Ragazzi, vediamo se stasera riusciamo a raggiungere l'altro capo del pantano, e a tornare indietro. Avremo tutto il tempo per parlare di questioni molto importanti che riguardano sia voi che tutta la famiglia. Ne ho già discusso prima con vostra madre."

Parlo ai miei figli per circa mezz'ora, riferendo loro la conversazione avuta alla cantina con Nicola. Senza l'aiuto dell'alcool, l'argomento risulta ancora più stressante. Finito il discorso, segue un breve silenzio, poi interrotto da Pasquale.

"Papà, ci abbiamo pensato anche noi. Molti dei nostri amici se ne sono andati. Nonostante la paura dell'ignoto che li attendeva, la maggior parte di essi è contenta della decisione presa. Hanno buoni impieghi e riescono persino a mandare del denaro alle loro famiglie rimaste qui."

Ora è Michele a prendere la parola. "Sì, papà. Se credi sia la scelta più giusta, faremo di tutto per riuscire e aiutare la famiglia. Ma dove dovremmo andare? E come possiamo prepararci?"

"Ne parleremo meglio, e quando saremo tutti d'accordo sul da farsi procederemo col piano". Prendo un profondo respiro ed espiro lentamente. "Forse dovrebbero essere Giuseppe e Pasquale a partire per primi. Alcuni compaesani si sono trasferiti in Canada, Argentina, Francia o Stati Uniti. Penso che la cosa migliore sia contattare i nostri conoscenti per chiedere una mano. Dopo che Giuseppe e Pasquale avranno trovato impiego e un alloggio in cui vivere, sarà la volta di Michele e Carmine. Chi è già sul posto potrà aiutarvi nella ricerca di lavoro e di una stanza in affitto. Possono anche aiutarvi con la lingua. Dovrete imparare le basi il prima possibile. Ma non preoccupatevi, sono già tanti gli italiani all'estero, per lo più meridionali. Alcuni hanno negozi di alimentari e ristoranti. Tutto ciò faciliterà l'adattamento."

Giuseppe e Carmine non vedono l'ora di partire. Sono in preda all'emozione, neppure pensano ai preparativi. Gli altri ragazzi sono invece più razionali.

"Va bene, papà," dice Pasquale, "ci penso io a raccogliere informazioni e organizzare il viaggio. Dovrebbero esserci navi da Napoli per New York, Buenos Aires o Montreal. Controllo e ti faccio sapere."

Michele osserva i cavalli assorto nei propri pensieri. Poi si volta verso di me e chiede, fissandomi negli occhi: "Papà, che ne sarà della mamma? Starà bene? Starete tutti bene? Potrei rimanere per tutto il tempo necessario."

Noto che sia lui che Pasquale hanno le lacrime agli occhi. Vederli in questo stato mi commuove. Provo quindi a celare l'emozione volgendo lo sguardo al sole che sta per scomparire dietro le montagne. Presto i miei ragazzi andranno via. Nessuno di noi riesce più a trattenere il pianto.

"Va tutto bene, ragazzi. Concentriamoci sul futuro. Staremo tutti benone, e voi farete grandi cose all'altro capo del mondo. Avrete delle belle case e il vostro lavoro vi ripagherà molto più del rimanere qua. Mangerete ottimo cibo, sarete tra connazionali, sfruttando il meglio di entrambe le culture. E saremo sempre in contatto scrivendoci spesso. Ricordate che potrete tornare, se necessario. Temo però che, belli come siete, sposerete delle americane bionde e alte, e vi dimenticherete del tutto di noi qui in Molise!"

"Ah, papà, staremo bene," mi rassicura Pasquale. "Vi penseremo quando la nostra mente non sarà occupata da quelle giovani puledre dalle forme generose. Sappiamo quanto lavoro avrete nei campi, con gli animali, nel giardino e in casa".

"Nessun problema. Abbiamo Elvira e gli altri due ragazzi a cui passare le vostre scarpe! Stanno crescendo alla svelta e sono sempre più in grado di aiutarci. Inoltre, le vostre zie daranno una mano a vostra madre con le faccende. Anche se sarete lontani, rimarremo una famiglia, la distanza non conta. I nostri cuori saranno vicini... Esiste un proverbio all'apparenza insignificante, tanto è conciso e semplice: "La famiglia è tutto."

Rientriamo a casa ormai al crepuscolo. Antonia ci sta aspettando sulla lunga panca in acero accanto al focolare. I ragazzi filano dritti a letto e io le siedo vicino. Riassumo la chiacchierata e le comunico che presto i nostri figli si organizzeranno per partire.

Alla luce della lampada a olio, Antonia si volta e mi prende la mano. È contenta che i ragazzi abbiamo deciso di emigrare; poi annuncia: "Serafi', sono incinta."

capitolo 3

La migliore armatura
è tenersi fuori portata

"No! Aspettare è inutile. Parto domani!" dice Giuseppe, il nostro primogenito ormai ventitreenne. Dopo aver contattato il suo migliore amico trasferitosi a Buenos Aires, ha subito iniziato a preparare le valigie, così come Carmine, altrettanto impaziente di lasciare Montenero. Senza passaporti, permessi di soggiorno né biglietti, i fratelli decidono di raggiungere Napoli e imbarcarsi per l'Argentina il prima possibile. Cerchiamo di farli ragionare, ma invano. Nessun importante discorso o cena d'addio; domattina li accompagnerò alla stazione col carro. Forse per noi è un bene che ci lascino tanto presto. Sono fieri stalloni irrefrenabili.

Pasquale e Michele, invece, stanno pianificando ogni dettaglio della partenza per il Nuovo Mondo. Negli ultimi tre mesi abbiamo ricevuto diverse lettere da parenti e amici, ma il contatto più convincente sono alcuni cugini alla lontana attualmente residenti a Erie, in Pennsylvania, città che affaccia sull'omonimo grande lago. Molti nostri compaesani si sono stabiliti lì da oltre un decennio. Dicono che Pasquale potrà iniziare a lavorare da subito. È tutto pronto affinché lasci l'Italia, manca solo un documento molto importante, il passaporto con visto.

Abbiamo già acquistato il biglietto transatlantico da Napoli a New York presso un'agenzia con sede nella vicina città di Isernia. La partenza è prevista per il 27 agosto 1907, col piroscafo denominato "SS Verona", costruito da una compagnia scozzese-irlandese per la Navigazione Generale Italiana. La nave dispone di sessanta posti in prima classe e centoventi in seconda. Per risparmiare, Pasquale sarà uno dei duemila-cinquecento passeggeri di terza classe. È la tariffa più economica, che si aggira comunque attorno ai trenta dollari, pressoché il corrispettivo di quattro mie mensilità. Presto prenderemo anche il biglietto per Michele. Al momento siamo tutti nervosi, perché oggi è il 20 agosto e il passaporto di Pasquale non è ancora stato restituito dal consolato generale americano a Napoli. Si trova lì da più di sei mesi. Conoscendo la burocrazia italiana, temiamo che il documento non arrivi per tempo, o che non arrivi affatto.

Se Pasquale non potrà partire ci saranno comunque dei risvolti positivi: rimarrà a casa con noi e potrà dare seguito alla sua storia con Marcella, figlia del mio amico Nicola. La relazione tra i due giovani va avanti da circa un anno. La famiglia Scalzitti è molto stimata, e la ragazza sembra perfetta per Pasquale. Se il destino tratterrà mio figlio a Montenero, magari è proprio qui che metterà su una bella famiglia.

Il giorno seguente, mi ritrovo con i miei tre figli maggiori per la consueta mungitura serale. Mentre siamo intenti a riempire i secchi di latte, vediamo arrivare Giuseppe Colonna: ha un gran sorriso stampato in volto e sventola una busta. Si è precipitato giù al pantano direttamente dall'ufficio postale. Restiamo in silenzio, sappiamo tutti di cosa si tratta.

Pasquale gli corre incontro, afferra la lettera e strappa l'involucro per svelare il contenuto. "Evviva! Il mio passaporto ha il visto! Andrò in America!"

Finito di mungere, rientriamo a casa in tutta

fretta per annunciare la notizia. Antonia intuisce perfettamente già vedendoci arrivare, e si abbandona a un pianto misto di felicità e tristezza. Nei giorni successivi ci godiamo il tempo in famiglia; casa è un viavai di parenti e amici, tra cui Marcella e i suoi. Il 25 agosto raggiungiamo in carrozza la stazione ferroviaria di Montenero per salutare Pasquale. Arriverà a Napoli in serata, assieme ad altri compaesani che affronteranno lo stesso viaggio, e pernotterà in albergo per poi ripartire l'indomani mattina.

Nelle settimane seguenti, casa piomba in una muta apprensione. Siamo tutti in pensiero per Pasquale, temendo il peggio. Sarà stato derubato? Soffrirà di mal di mare? Avrà contratto qualche morbo dagli altri passeggeri? Come raggiungerà Erie, una volta sbarcato a Ellis Island? Di notte, Antonia e io non chiudiamo occhio, ci giriamo e rigiriamo nel letto. Il 30 settembre riceviamo finalmente la prima lettera da nostro figlio, densa di novità.

È approdato a Ellis Island il 10 settembre. Per il controllo doganale ha impiegato soltanto tre ore, ma la parte peggiore è stata l'essere spogliato da capo a piedi per il trattamento antipidocchi: i viaggiatori di terza classe vengono tutti sottoposti a tale procedura. Ha raccontato in breve della visita a New York, dilungandosi poi maggiormente sulla nuova vita a Erie: i compaesani lo stanno aiutando molto, gli hanno procurato degli abiti e un alloggio. Ha persino iniziato a lavorare presso la Continental Rubber Works, azienda manifatturiera specializzata in biciclette e camere d'aria. Pasquale adora la città, soprattutto il lago: trova sorprendente che non si riesca a scorgere il Canada al di là dell'immensa distesa d'acqua. Non vede l'ora che lo raggiunga suo fratello Michele.

Riceviamo notizie da Pasquale quasi ogni mese. Le sue missive sono di grande incoraggiamento per Michele, che è prossimo alla partenza. Prima, però, avremo un gran da fare: ci attendono i freddi mesi invernali e l'intensa attività primaverile della semina, a cui seguirà il raccolto d'autunno.

Nostro figlio Berardino venne al mondo il 14 febbraio del 1910. Era mattino e nevicava; i soffici fiocchi si posavano lentamente al suolo, ammantando di bianco l'intero villaggio e le montagne attorno. Fu come un raggio di sole nella più uggiosa delle giornate. Tuttavia, l'anno successivo fu per noi molto difficile. Mia sorella Giulia morì improvvisamente d'estate, a quarantaquattro anni. Un'epidemia di colera mieté centinaia di vittime, saturando il cimitero di Montenero. Alcuni moribondi strisciavano fino alla grande fossa piena di calce e vi si gettavano dentro. Il consiglio comunale aveva già scelto un'area più lontana dal paese per la realizzazione di un nuovo camposanto, la cui progettazione ebbe inizio subito dopo l'epidemia del 1885, quando persero la vita settantadue abitanti del posto.

A distanza di tre anni, il paese non si è ancora risollevato. La notizia più importante è che il nostro ufficio comunale è stato appena sciolto in seguito alle indagini avviate nel 1909. I dipendenti lavorano in modo irregolare, negli uffici vige il caos e la polizia è come inesistente. Si può immaginare in che condizioni versino le strade, con le bestie a defecare ovunque e nessun servizio di nettezza urbana. Non esiste illuminazione pubblica; il debito è enorme e le entrate molto esigue.

Poiché la situazione è alquanto grave, i poteri demandati al commissario reale sono stati prorogati fino al 5 giugno 1913. Tra gli emigrati, sia uomini che donne, parecchi erano i più idonei a ricoprire ruoli d'ufficio. Proporre ai nostri figli di lasciare Montenero si è rivelata indubbiamente una saggia decisione. Magari, tra qualche tempo, anche il resto della famiglia si stabilirà in un luogo più progredito: se non all'estero, potremmo considerare Roma o Napoli.

Nel mese di febbraio riceviamo una grande sorpresa, un regalo anticipato per il compleanno di Michele: Pasquale gli ha inviato un biglietto transatlantico prepagato! La partenza è prevista per il prossimo 20 luglio, a bordo di una nave tedesca, la SS Moltke. Pasquale avrà sicuramente prenotato il viaggio tenendo conto della data di nascita del fratello, il 17 luglio.

Le settimane svaniscono in un soffio, come se ci fossero state rubate strappandole via dal calendario. Oggi, infatti, è il compleanno di Michele. Come in un sogno dai contorni sbiaditi, assisto agli ultimi giorni della presenza di mio figlio in casa nostra. Alla festa di addio, Antonia chiede con garbo se qualcuno gradirebbe un altro bicchiere di vino.

"Non chiedere, Antonia!" esclamo. "Continua a versare!" Serviamo pane, formaggi, frutta e salumi in abbondanza. A quanto pare, gli ospiti sono felici per Michele, e lo dimostrano tracannando e divorando a più non posso. Poter condividere ci riempie di gioia.

Amici e parenti brindano a nostro figlio, lasciandosi sempre più andare alle emozioni col trascorrere della serata. I miei fratelli raccontano aneddoti o augurano il meglio, specialmente Pietro, che non la smette di chiacchierare. "Michele è il migliore dei nipoti! Ci aiuta a casa e nei campi senza neppure doverglielo chiedere. Ha la forza di un toro e il cuore di un santo!"

Il vino locale ha visibilmente sortito effetto. Gli occhi di Pietro iniziano a incrociarsi e le labbra a perdere colpi, mancando qualche vocale o consonante. "Ti voliamo bene, Micheli' nostr! Fa' o brauo in Amuriga! No ti dimentichemo!"

Oh Signore, ci sta facendo commuovere tutti. Il mio amico Nicola, che è molto perspicace, se ne accorge, così si alza e prende a cantare e ballare *Cicirinella*, canzone popolare napoletana. Tutti si uniscono al famoso ritornello: *Cicirinella teneva teneva, che teneva, che teneva?* Nicola canta la parte sugli animali, con tanto di dettagli volgari che fanno scompisciare i presenti: lui sa sempre come strappare una risata.

La figlia di Nicola, Marcella, porge una busta a Michele affinché la consegni a Pasquale. Io gli regalo un coltellino col manico in legno d'ulivo realizzato a Frosolone. Gli tornerà utile sul lavoro, a casa e in giardino; è un modo per restargli vicino ogni giorno. Una volta a Erie, potrà finalmente rilassarsi e sistemarsi. Domani sarà il suo ultimo giorno a Montenero.

Il mattino seguente, Antonia, Elvira e io ci alzi-

amo come sempre all'alba. Loro due preparano subito il caffè e una colazione leggera: dopo i festeggiamenti di ieri non riuscirei a mangiare molto. I figli più piccoli continuano a dormire, mentre il letto di Michele è vuoto. Immagino sia andato al fienile giù al pantano.

"Gaius, mio valoroso destriero, questo potrebbe essere il nostro ultimo incontro, l'ultima occasione per carezzarti la criniera. Se ti do una mela succosa, ti lascerai sfiorare il fianco? Certo che lo farai. Ecco, bello, prendi.

"Domani andrò a Napoli e poi da lì partirò per l'America, dove comincerò una nuova vita in una grande città. Mi mancheranno la natura, l'aria fresca di montagna, l'essere isolati dal resto del mondo. Ma persino qui le cose stanno cambiando, non mi resta che partire per il bene mio e della mia famiglia.

"Diamine, potrebbe addirittura mancarmi pulire il tuo sterco! D'ora in poi sarà il giovane Filippo a sostituirmi, sotto la guida di papà. Imparerà a prendersi cura di te, a pulirti gli zoccoli e a tenerti in forma. Come me, sei nato e cresciuto tra questi monti. La tua razza vive in questo pantano da duemila anni. Porta avanti la tradizione, mantieni il tuo spirito indipendente. Preserva la rarità della tua specie. Sei speciale, amico mio."

Michele non si accorge della mia presenza. Ha poggiato la fronte contro quella del cavallo e gli cinge le orecchie coi palmi delle mani. Dalle narici di Gaius fuoriescono sbuffi di fiato mentre mio figlio gli sussurra parole che non odo.

"Ehi, Michele! Buongiorno! Gaius pare in ottima forma. Il manto è di un bel marrone lucente. È felice che tu l'abbia spazzolato, si capisce da come sorride."

"Grazie, papà. È stato un bravo cavallo in tutti

questi anni. Spero si leghi a Filippo."

"Lo farà, figliolo, ne sono certo," lo rassicuro. "Tra poco arriverà tuo fratello. Magari potresti aiutarmi con la mungitura e trascorrere poi il resto della giornata con tua madre o come più desideri. Stasera faremo una bella cena, vorrei che riposassi bene stanotte."

"Va bene, papà. Facciamo a gara a chi munge più latte!"

Il sole attraversa rapidamente il crinale del monte. Sbrigo del lavoro al campo e decido di anticipare il rientro: voglio prepararmi per la cena in famiglia. Per fortuna, mia cognata Angela ci sta dando una mano col piccolo Berardino. Elvira sta giocando ad acchiapparella con Filippo e Vincenzo. Michele non è ancora a casa.

Per cena, Antonia ha preparato le pietanze preferite di Michele: come primo piatto, fusilli con aglio, olive, broccoli, sale e pepe; poi, del pane fatto in casa e scamorza, con contorno di insalata dell'orto. Infine, un ragù di maiale e salsicce che ha cotto a fuoco lento per metà giornata. Il tutto annaffiato dal nostro speciale vino fatto in casa—una miscela dei vitigni Montepulciano e Sangiovese.

Una volta a tavola, rendiamo grazie a Dio per i suoi doni e per la salute di cui tutti godiamo. Chiediamo al Signore che ci infonda la pazienza e la forza necessarie ad affrontare ogni singolo giorno, specie in Michele, ormai prossimo alla partenza.

Il mattino seguente ci riporta a sei anni prima, quando alla stazione vi portammo Pasquale. Mia moglie e i ragazzi saluteranno Michele qui a casa. Mi posiziono alla guida del carro e afferro le redini, assistendo a quell'addio colmo di abbracci e lacrime. Interrompo il momento ricordando loro che è ora di andare; mio figlio mi raggiunge con i bagagli e partiamo, lasciandoci la famiglia e Montenero alle spalle.

Michele riceve il biglietto dall'agente appena dieci minuti prima che il treno faccia la sua breve sosta. Ci abbracciamo come se non dovessimo mai più rivederci. Mio figlio dormirà a Napoli, per poi salire a bordo della SS Moltke l'indomani mattina. Sarà uno dei cinquecentocinquanta passeggeri in terza classe. I posti in prima classe sono trecentonovanta, quelli in seconda duecentotrenta.

Ormai in casa siamo rimasti in cinque. Senza Michele è come se mancasse l'aria. Abbiamo saputo da alcuni compaesani emigrati a Buenos Aires che Carmine e Giuseppe sono arrivati, dopo tante difficoltà perché clandestini. Giuseppe ci scrive sporadicamente, rassicurandoci che lui e il fratello stanno bene. Non ci aspettiamo molto da questi ragazzi; la vita qui in Molise era opprimente, mentre adesso possono concentrarsi su sé stessi. Auguriamo loro ogni bene, benché sia per noi un gran dolore averli lontano. Sanno che per loro ci saremo sempre.

A distanza di settimane, arriva finalmente un plico con timbro postale americano. A scriverci sono entrambi i nostri figli, ma è Michele a fornirci maggiori dettagli. Il viaggio in transatlantico è andato come previsto: non male, tutto sommato, ma con tre giorni di mal di mare.

L'approdo a Ellis Island lo ha colpito duramente. I medici l'hanno trattenuto per via di un occhio gonfio, sospettando fosse tracoma, malattia altamente contagiosa che può portare alla cecità. Alcuni passeggeri sono stati espulsi proprio per questa ragione. Durante l'attento esame, il personale medico apprende da

Michele la causa del gonfiore: in preda ai conati provocati dal mal di mare, il ragazzo ha sbattuto il sopracciglio contro la balaustra della nave.

La permanenza forzata a Ellis Island è stata per Michele un'occasione per esplorare parti dell'isola che Pasquale non aveva visto. La visita medica dura pochi secondi appena: ogni passeggero è sottoposto a un rapido controllo per l'individuazione di alcuni dei sessanta possibili sintomi riconducibili a specifiche malattie, principalmente tracoma, colera, micosi del cuoio capelluto e delle unghie, tubercolosi, epilessia e disturbi mentali. Michele racconta che assistere all'espulsione di chi ritenuto non idoneo è stata un'esperienza molto triste. In tanti, spesso bambini, venivano separati dalle loro famiglie. Nel corridoio dei deportati c'è un cartello con la scritta: Scale della Separazione.

Sulla lista passeggeri della nave, Michele ha notato inoltre che i meridionali vengono contrassegnati come "Italiani del Sud", mentre quelli del nord semplicemente come "Italiani". Che strana distinzione, per essere un'Italia unita...

Ecco alcuni estratti della lettera di Michele:

Da Ellis Island, ho preso una piccola chiatta per New York che pareva cadere a pezzi. Il tragitto fino alla Grand Central Station è stato breve. Appena entrato, non ho potuto fare a meno di fermarmi, posare a terra il bagaglio e ammirare quella vista mozzafiato. Dall'esterno, l'ingresso è molto suggestivo. L'interno è semplicemente magnifico! Le lavorazioni in pietra, le finestre, i soffitti altissimi. Il materiale chiaro e liscio utilizzato per le pareti e gli archi è travertino. Le volte del soffitto sono proprio come in Italia, tranne che per la presenza di luccicanti lampadari in bronzo. Ci sono moltissime opere d'arte e migliaia di persone che vanno di corsa. I binari sono più di quaranta. Non avrei mai immaginato che una stazione ferroviaria potesse essere così meravigliosa, è più grande del pantano! C'è anche molto altro, è impossibile descrivere tutto.

Mi ci sono volute quindici ore per raggiungere Erie, con doppio cambio prima a Philadelphia e poi a Buffalo. Non ho visto granché, il viaggio si è svolto per la maggior parte di notte. Al di là del finestrino scorrevano chilometri e chilometri di paesaggi rigogliosi, fattorie con una sola casa e piccole cittadine. Sono arrivato a Erie intorno alle tre del pomeriggio. Appena sceso dal vagone, vedo Pasquale che mi aspetta con due amici, i fratelli Pietro e Guido Orlando. Hanno una Ford-T! Costa più di 850 dollari americani! Nei pressi del centro cittadino circolano quasi tante auto quanti cavalli.

Al momento vivo assieme a Pasquale, nella casa che ha preso in affitto per 25 dollari al mese. Quella cifra in Italia equivarrebbe al mio intero salario. Che strano, qui le abitazioni sono costruite in legno! Pasquale dice che mi abituerò. Sono spaziose e facili da manutenere. Ci sono persino l'acqua potabile e la corrente elettrica. A ogni piano c'è un bagno dotato di doccia e gabinetto. Pasquale mi ha dovuto mostrare come usarli. Non mi sono mai *sentito così pulito come dopo essermi lavato per andare a letto, la sera del mio arrivo.*

Nei giorni a venire avremo un bel da fare. Pasquale mi farà conoscere alcune zone della città. Dice che possiamo andare all'alimentari, dal calzolaio e in qualche negozio di abbigliamento. Pensate, c'è anche un cinema! Visiteremo poi qualche fabbrica in cui potrò chiedere lavoro. Da queste parti vivono altri nostri compaesani. Non riesco a credere di trovarmi in America grazie a voi. Vi scriverò nuovamente la settimana prossima.

Con amore a tutti voi,

Michele

Nei mesi successivi riceviamo lettere ogni quattro, sei settimane. Dopo sei anni a Erie, Pasquale si è perfettamente ambientato. Ha un lavoro stabile e ha perfino superato l'esame per la cittadinanza! Adesso è americano a tutti gli effetti. Le sue missive sono molto dettagliate; ci ha addirittura rivelato il contenuto della lettera che Marcella Scalzitti gli aveva fatto recapitare tramite Michele:

Quando sei partito ho scoperto di essere incinta. Ho detto ai miei genitori che il padre eri tu, gettandoli nel panico. Alcuni giorni dopo non ho più retto, e ho confessato loro che in realtà il padre era Eugenio Tornincasa. Non potevo portare avanti quella menzogna. Sei un uomo troppo buono per subire una simile ingiustizia. Nessuno a Montenero sa di questa cosa, per tutti il padre del bambino è Eugenio. Ci siamo sposati e abbiamo avuto il piccolo Tonino.

Pasquale è contento che quella falsa accusa non sia diventata di dominio pubblico. Nell'ultimo anno ha preso a frequentare regolarmente una ragazza originaria di Montenero, Maria Di Filippo, di circa nove anni più giovane. Non ha ricordi di lei al paese. Ci racconta che adesso è diventata donna e che pensa a lei costantemente.

Michele ha cominciato a imparare l'inglese, ma ci vorranno mesi prima che possa sostenere l'esame per la cittadinanza. Sente forte la pressione dello studio. Ci scrive:

Sono andato in un gran negozio di alimentari, pensando fosse facile comprare delle uova. Non sapevo dove trovarle, così ho provato a chiedere alla cassiera, che però non capiva l'italiano. Ho iniziato quindi a imitare una gallina, agitando le braccia e facendo il tipico verso. A quel punto la ragazza ha capito cosa mi serviva, ma è stato molto imbarazzante comunicare in quel modo.

Michele svolge due, a volte tre lavori part time. Sono semplici lavori di pulizie con cui riesce a mettere da parte del denaro. Ha saputo che, con un sufficiente ammontare di risparmi, la banca potrebbe concedergli un prestito per avviare un'attività in proprio. Ha acquisito dimestichezza col sistema di trasporto pubblico e con la topografia della città, disposta sulla base di uno schema a griglia. In occasioni speciali, lui e Pasquale fanno visita a vecchi amici del paese che ora vivono a Toronto, Chicago e Lorain, in Ohio.

Nei fine settimana, i ragazzi si ritrovano con altri compaesani al Montenero Club. Michele descrive la sede come un fantastico edificio in mattoncini la cui facciata, appena sopra l'ingresso, presenta una sezione in pietra con inciso un leone sormontato dalla scritta "Vittorio Emanuele II". Su una delle pareti sono stati dipinti il nostro villaggio e le montagne circostanti. Ritrovarsi lì dopo il lavoro, a parlare nel nostro dialetto, è come essere catapultati nella vecchia taverna del paese. Servono anche dell'ottimo cibo, sebbene adattato al gusto americano.

Delle volte i miei figli visitano altri club italiani. C'è il Prato Peglina, sulla West 16th, fondato da alcuni abruzzesi. In tanti ridono quando ci si riferisce al club con l'acronimo "PP". Vicino alla 15esima e a Walnut Street si trova il Nuova Aurora, frequentato da molti meridionali, principalmente calabresi e siciliani. Il club conta oltre 2200 membri. Michele e Pasquale hanno visitato pure il Montenero Club in Broadway Street, a Lorain, in Ohio.

Antonia e io stiamo apprendendo parecchi particolari della nuova vita dei nostri figli. Forse Michele troverà presto un impiego migliore oppure avvierà un'attività in proprio, e otterrà la cittadinanza. Preghiamo che incontri la ragazza perfetta che possa diventare sua moglie. Siamo certi sarebbe un ottimo marito, si merita una buona compagna di vita.

5 settembre 1914

Il postino si avvicina alla porta e bussa. È Pasquale ad aprire.

"Cerco Michele Di Marco. Deve firmare questa lettera."

Pasquale chiama suo fratello: "Michele! Il postino ha qualcosa per te."

Il ragazzo scende di corsa dalla sua camera al piano superiore e legge quanto segue: "Telegramma dal Consolato Generale d'Italia, Philadelphia, PA.

Rientro immediato in Italia. Causa arruolamento nell'esercito, si raccomanda di presentarsi al comando militare di Campobasso entro il 1° dicembre."

Michele sbianca in viso, si accascia su una sedia e porge il telegramma al fratello affinché lo legga. Cercano assieme delle alternative, che però non esistono. Se Michele non si presenterà a rapporto potrebbe venire pesantemente multato e persino recluso. Ancor peggio, rifiutando di arruolarsi, commetterebbe un crimine che gli precluderebbe per sempre la cittadinanza americana.

capitolo 4

Il battesimo nella realità

Alla stazione marittima di Napoli, in migliaia stanno salendo a bordo dei transatlantici, carichi di bagagli. Un numero altrettanto importante di passeggeri provenienti da altre nazioni sta invece sbarcando. Un ufficiale di frontiera con baffi da tricheco e divisa blu mi comunica: "Michele Antonio Di Marco, dal suo documento vedo che il primo dicembre dovrà fare rapporto presso l'ufficio militare di Campobasso. Quali sono i suoi programmi da oggi a quella data?"

"Domani prenderò un treno per Montenero Val Cocchiara, dove vivono i miei genitori. Starò lì fino al primo dicembre, signore."

L'ufficiale appone un timbro sul mio passaporto: ammesso, 28 ottobre 1913. "Bentornato in Italia, giovanotto. Che Dio la benedica."

L'uomo sa che, probabilmente, verrò presto spedito al fronte. Avrò bisogno di ogni sorta di benedizione.

Aggrappandomi alla portiera della carrozza mentre ci avviciniamo alla stazione di Montenero, mi sporgo per scrutare il binario. Come la nebbia che si dirada intorno alla vetta del Gran Sasso, a poco a poco appare mio padre, in piedi, con Filippo e Vincenzo alla sua sinistra. La mamma è alla sua destra assieme a Elvira, che tiene in braccio il piccolo Berardino, ormai di cinque anni. La famiglia si è come sfrondata; i miei tre fratelli che vivono all'estero posso solo figurarmeli in mente.

Un sorriso illumina il volto di papà; mamma e Berardino mi stringono in un abbraccio. Sento mia madre pronunciare le parole "Figlio mio, figlio mio", che sembrano sgorgarle direttamente dal cuore, anziché dalle labbra. Gli altri mi travolgono affettuosi, facendomi sentire a casa. Sono impaziente di vedere il loro stupore quando, aprendo il bagaglio, comincerò a distribuire dei regali, tra cui la cioccolata Hershey, una bambola di pezza e una stecca di Lucky Strike.

Il mese in famiglia passerà in un baleno. È entusiasmante tornare alle abitudini di un tempo, come portare in casa la legna da ardere mentre mamma appronta le verdure per la zuppa. Insegno a Filippo e a Vincenzo come utilizzare la fionda; Elvira si lagna perché ho invaso i suoi spazi. A sera, papà e io centelliniamo della grappa.

Dopo la nevicata di sabato, che ha imbiancato i monti tutto attorno, la terra brilla sotto i raggi dorati del sole novembrino. È una giornata perfetta per una galoppata al pantano.

"Papà, vado da Gaius per un paio d'ore. Ti va di venire? Potremmo rientrare in tempo per la messa."

"Va bene, ma devo prima chiedere il permesso al capo." Papà non ha ancora aperto bocca, che mamma annuisce sorridendo in segno di assenso.

Raggiungiamo la stalla giù al pantano e saliamo in sella. I cavalli sanno per istinto quale sentiero prendere. Nella sua vastità, il panorama è mozzafiato: un cielo terso fa da sfondo alle creste carsiche a sinistra; sulla destra, uno srotolarsi di morbide colline, dietro alle quali svettano le cime innevate. Di fronte a noi, l'ampia valle a forma di cucchiaio, la cui superficie si restringe seguendo i rilievi che la costeggiano. Alcuni cavalli brucano e si abbeverano lungo il fiume, altri galoppano per il semplice gusto di farlo. La corrente lenta e costante dello Zittola è come un sussurro nella quiete della nostra antica valle.

Mentre i nostri cavalli procedono a passo lento, noi parliamo della mia vita a Erie e della sua Little Italy, parte di una realtà multietnica fatta di lingue, abitudini e cibi tutti diversi.

"È bello vivere lì, papà, ma non allevia la sofferenza per la vostra lontananza. Ne parlo spesso con Pasquale, e sappiamo che anche voi state sacrificando molto. Pensarvi ci dà forza. In questi tempi così incerti, questo distacco innaturale non può che essere positivo."

Papà prova a consolarmi: "Andrà tutto bene, figliolo, soprattutto dopo che avrai finito il servizio militare. I francesi hanno impedito al nostro esercito di raggiungere il Nordafrica, ma l'alleanza con Germania e Austria-Ungheria ci garantisce una certa sicurezza. Chissà cosa stanno pianificando politici e generali! Pur in assenza di veri e propri combattimenti, potresti dover assolvere a incarichi difficili. So che starai molto attento. Riguardati e pensa all'avvenire!"

Le sue parole conclusive, "pensa all'avvenire", continuano a risuonarmi in mente.

Gli ultimi giorni al paese scivolano via indistinti. Come destandomi da un sogno, mi ritrovo sul treno per Campobasso. Porto con me la mia famiglia: i loro abiti, il fruscio del rasoio sulle guance di mio padre, il profumo di sugo che sobbolle piano, l'allegria spensierata del piccolo Berardino. Pensare a loro mi commuove, ma l'arrivo a destinazione mi richiama al presente: sto per diventare un soldato.

Il quartier generale è un brulicare di uniformi grigio-verdi. Le reclute attendono in fila per le pratiche amministrative, il controllo medico e la consegna dell'equipaggiamento. Terminata questa fase preliminare, siamo pronti a iniziare l'addestramento. Vengo assegnato alla fanteria; alcuni giorni dopo, il 9 gennaio 1914, arrivo a Modena su un convoglio con altre centinaia di giovani, tutti nelle nostre divise nuove di zecca. In parecchi si convincono che quell'abbigliamento possa renderli più interessanti agli occhi del gentil sesso, ma temo che per alcuni non sia affatto sufficiente.

Le settimane di addestramento sono abbastanza facili: corsa, avanzata strisciando, tecniche di combattimento corpo a corpo – alcune con fucile e baionetta – e tiro. Inoltre, impariamo a ricevere ordini, che ci vengono urlati tutto il tempo persino per le mansioni più semplici. "Rifai la branda! Abbottona la camicia! Pulisci la latrina!" C'è molto di cui occuparsi, ma mi sembra niente in confronto alle incombenze che sbrigavo a Montenero.

Nel tempo libero ci concediamo qualche svago. Di solito, i miei commilitoni e io raggiungiamo Modena o altre città vicine per mangiare e bere qualcosa, e ne approfittiamo per guardare le ragazze. In questi grandi centri le donne sanno come rendersi attraenti. Al villaggio non avevo mai visto simili acconciature, né abiti attillati. Le mie compaesane sono più pratiche, ma... è proprio bello vedere donne così curate, che si pavoneggiano con pregiate scarpe in pelle e profumi inebrianti. Come fanno le calze a stare su? Immagino faccia parte del vivere nelle grandi città, sia qui che in altre nazioni.

Generalmente, i soldati della nostra brigata originari di queste zone sono amichevoli con noi meridionali; ci capita, però, di venire derisi per le nostre parlate regionali o appellati "montanari". In molti proveniamo dalle regioni centrali, e differiamo per abitudini alimentari, abbigliamento, dialetti e mentalità. Talvolta nascono dei conflitti per rivalità in amore, per il gioco d'azzardo o per pregiudizi nei confronti della gente del sud. Ne scaturiscono situazioni spassose, perché noi montanari siamo tosti! Ho visto dei settentrionali snob finire a terra feriti e privi di sensi.

Mi sono fatto nuovi amici, con cui esploro i dintorni non appena ne abbiamo l'occasione. Vengono da Cerro al Volturno, Isernia e Campobasso. Quando posso mi ritaglio dei momenti di solitudine, durante i quali scrivo ai miei o a Pasquale. È come accelerare il tempo, che sembra non passare mai. Poi, il 28 giugno 1914, l'arciduca d'Austria, Franz Ferdinand, viene assassinato da un serbo. Il fatto accresce la tensione in un momento di equilibri già precari.

Un mese dopo, il governo austro-ungarico dichiara guerra alla Serbia. Da lì, un susseguirsi di eventi in rapida successione: la Germania sostiene la dichiarazione di guerra, Francia e Gran Bretagna dichiarano guerra alla Germania, la Russia sostiene la Serbia, la Germania dichiara guerra al Belgio e inizia l'invasione, l'Austria-Ungheria dichiara guerra alla Russia.

Sebbene il primo ministro italiano, Salandra, abbia dichiarato neutralità, i reggimenti vengono invitati a prepararsi immediatamente per lo spiegamento. In quanto Paese alleato, l'Italia verrà chiamata a sostenere l'invasione della Serbia da parte dell'Austria-Ungheria? Cosa sa il nostro capo di stato maggiore, il generale Cadorna, che noi ignoriamo?

Ci addestriamo per mesi e restiamo in attesa. Il 22 maggio 1915, tutti i militari italiani ricevono finalmente l'ordine di mobilitazione generale. Dove verremo mandati? Contro chi combatteremo? Ci chiediamo per quanto tempo rimarremo all'oscuro del da farsi. Il giorno successivo apprendiamo di uno straordinario cambiamento nel nostro destino: l'Italia dichiara guerra all'Austria-Ungheria! L'alleanza con loro e con la Germania è stata rotta a seguito dell'intesa che l'Italia ha stretto segretamente con Gran Bretagna e Francia. Ci stiamo dirigendo a nord-est per combattere il nostro ex alleato.

È appena iniziato un grande conflitto. La dichiarazione di guerra dell'Austria-Ungheria alla Serbia accende diversi focolai nell'Europa orientale e occidentale. L'Italia si trova nel mezzo. Le nazioni coinvolte sono così tante che non ne conosco il numero esatto. Il conflitto si sta espandendo. L'Italia ha il proprio fronte contro le forze dell'Impero austro-ungarico, il che significa che stiamo combattendo tedeschi, cechi, polacchi, slovacchi, sloveni, croati, ungheresi, rumeni e persino alcune etnie italiane. Anni addietro, mio padre, percependo le tensioni tra i Paesi, predisse questo momento.

Il capo dell'Esercito italiano, il generale Cadorna, è già nella città nord-orientale di Udine per farne il quartier generale. È un uomo anziano di grande esperienza che conosce bene la zona. Ha tracciato un fronte lungo circa seicentocinquanta chilometri, che si estende dal confine sud-orientale della Svizzera, nelle Alpi, in direzione dell'Adriatico. Lui e i capi di governo vogliono prendere il controllo delle terre abitate da minoranze italiane sotto il dominio austro-ungarico. Città come Trent, Trst e Gorica dovrebbero chiamarsi Trento, Trieste e Gorizia.

Si dice che secondo Cadorna un attacco mirato a est attraverso la valle dell'Isonzo porterà a una rapida vittoria sulle forze austro-ungariche aprendo la strada a Vienna. Dato che il nostro contingente è due volte il loro – circa 225.000 contro 115.000 – quei poveri bastardi sicuramente scapperanno anziché combattere.

Come prigionieri di guerra, veniamo ammassati in una grotta con altri italiani catturati dalle divisioni di prima linea. Del mio battaglione, impegnato sull'altopiano carsico all'inizio della primavera del 1916, sono sopravvissuti in due. Abbiamo preso il monte Sabatino, una delle principali barricate della difesa austro-ungarica di Gorizia, ma poco altro. È stato lì che un cecchino mi ha colpito alla spalla destra. La regola tattica è "Puntare sempre al mitragliere prima che al fuciliere". A seguito del colpo, non riuscivo più a sollevare la mia arma. Lottando in cerca di un riparo, sono stato raggiunto tre volte alle gambe dalla mitragliatrice. Ho strisciato dietro i resti di un albero, di cui rimaneva solo un ceppo dopo lo sbarramento di artiglieria del mattino.

Sono rimasto lì a terra per venti minuti, tentando di bendarmi le ferite. L'ombra del pomeriggio si stava allungando, fino ad arrivare al mio nascondiglio. Ho afferrato il ramo corto e spezzato di un albero. Un soldato sloveno stava per oltrepassare il tronco alle mie spalle, quando l'ho sorpreso con un improvviso balzo in avanti. Nel momento in cui si accingeva a sollevare il fucile, l'ho respinto alla mia sinistra col ramo e l'ho colpito alla rotula. Il soldato è caduto in preda al dolore, ed è allora che l'ho finito con un colpo in testa.

Esausto, sono crollato di nuovo a terra accanto al ceppo; di lì a poco, mi sono accorto che un altro sloveno stava puntando al mio addome con la baionetta del fucile. Ho preso quindi a rotolare via, venendo però ferito all'altezza delle costole. Rotolando, ho sfoderato il mio coltello. Mentre il soldato stava per colpirmi con il calcio del fucile, l'ho raggiunto allo stomaco con la mia arma. È curioso che la lama del mio coltello sia stata ricavata da una vecchia baionetta di un Vetterli-Vitali.

All'imbrunire uno squadrone di soldati nemici mi ha avvistato durante la discesa dal monte Sabatino. Non c'è stato alcuno scontro, non ho opposto resistenza. Mi hanno tirato su e mi sono consegnato, seguendoli zoppicando. Dobbiamo prendere il monte Sabatino per conquistare Gorizia. Spero che i sacrifici dei miei compagni contribuiranno al raggiungimento dell'obiettivo.

Come tanti altri prigionieri, mi ritrovo qui con delle ferite. Sono io stesso a medicarmi: ho tre proiettili in una gamba e uno nella spalla sinistra, e un taglio di baionetta al fianco sinistro. Ho rimosso i proiettili col mio coltellino svizzero e chiesto a un commilitone di cauterizzare le parti con una lama incandescente. Sapevo che se non l'avessi fatto sarei morto.

Ho preparato un cataplasma con resina di pino da applicare sulle ferite. Ho trovato anche della camomilla selvatica, così l'ho bollita e utilizzata per detergere le aree lesionate. Molte piante in questa zona sono diverse da quelle che crescono nelle montagne di Montenero, quindi raccolgo unicamente le specie che riconosco come officinali. Le settimane trascorrono e sto guarendo bene, a differenza di altri, le cui condizioni sono invece peggiorate. Ogni giorno muore qualcuno per ferite o malnutrizione. Ho perso parecchio peso. Non c'è granché da mangiare, solo erba. Presto i sopravvissuti verranno smistati in vari campi di prigionia e probabilmente sul fronte russo per essere costretti ai lavori forzati.

Mentre mi riprendo in attesa di essere trasferito, provo a rammentare tutto ciò che mi è accaduto dalla presa di servizio a Campobasso. Un ufficiale sloveno ha requisito tutti i nostri effetti personali, tra cui il diario che tenevo dall'inizio del conflitto. Visualizzo i luoghi in cui sono stato e ripesco tra i ricordi pensieri e sensazioni suscitati dalla guerra.

Quando arrivai per la prima volta al nord, l'intera area del fronte di battaglia era per me una terra straniera. Se si potesse miracolosamente cancellare la guerra da questi luoghi, ne emergerebbe un vero paradiso. Adesso, dopo due anni e mezzo trascorsi qui, il territorio tra il Piave e l'Isonzo mi è fin troppo familiare. Forse sarebbe andata diversamente se il piano del generale Cadorna di inviare truppe sull'Isonzo non fosse stato ritardato di un mese per mancanza di coordinamento. Quel rallentamento ha consentito alle truppe austro-ungariche di giungere in questa zona e posizionarsi nei punti più strategici.

La nostra prima esperienza nell'area attorno all'Isonzo fu segnata da una piena turbolenta che rese difficoltoso l'attraversamento del fiume. Quando finalmente raggiungemmo la sponda opposta, ci trovammo di fronte a trincee, bunker e chilometri di filo spinato. Chi poteva immaginare che quel genere di cavo, inventato in America per i cowboy, qui sarebbe stato utilizzato per uno scopo del tutto diverso? I nostri attacchi si protrassero per mesi. Arrancavamo su terreni in salita mentre il nemico sparava da sopra con le mitragliatrici. La nostra artiglieria non era sufficiente a indebolire le difese nemiche, così il comandante Cadorna mandò al massacro ondate e ondate di soldati.

Eravamo a corto di armi e munizioni; non avevamo bombe a mano. Gran parte dei combattimenti consisteva in animaleschi scontri corpo a corpo a colpi di lame e pugni. Faccio incubi in cui vedo cadaveri rimasti intrappolati nel filo spinato e crivellati dal fuoco delle mitragliatrici. Le trincee sono putride per escrementi, urina e vomito, con ratti che scorrazzano attorno a morti e feriti. Quando la Germania venne in aiuto dell'Austria-Ungheria, si cominciò a usare il gas venefico, per la prima volta durante l'attacco al Monte San Michele. Una leggera brezza sospinse il gas fino alle trincee, uccidendo migliaia di persone in pochi minuti.

Seppellivamo i caduti dietro le nostre linee, in fosse poco profonde scavate nella dura pietra calcarea. Raggiunte dall'artiglieria, le tombe improvvisate esplodevano tutto attorno a noi assieme ai corpi. Sono passati più di due anni e le nostre truppe si trovano ancora in questo inferno.

I nostri soldati appaiono sfiniti e malati. Il fragoroso ruggito dei cannoni ha fatto impazzire molti di noi. Il morale è basso persino tra i più ferventi patrioti; tutti gli altri, come ad esempio i meridionali, che si sentono sfruttati, sono caduti in una depressione ancora più pesante. Alcuni hanno scelto il suicidio, altri la diserzione. È sorprendente lo spirito di fratellanza militare che porta all'unità nazionalistica di fronte al nemico.

Le nostre truppe schierate a nord hanno principalmente funzione di difesa, ovvero di impedire all'esercito austro-ungarico di penetrare più a sud. Devono affrontare delle sfide particolari, tra cui le imponenti Alpi. I soldati perdono la vita sotto i colpi di proiettili e baionette, ma soprattutto a causa dell'artiglieria e dei frammenti di roccia volanti. C'è chi muore assiderato, chi sepolto vivo dalle valanghe.

Probabilmente, a oggi, i soldati caduti su entrambi i fronti sono centinaia di migliaia. Non conosco il numero esatto, perché ogni mese arrivano migliaia di nuove reclute. I combattenti in prima linea dovrebbero essere ormai qualche milione. Anche gli austro-ungarici hanno sofferto molto. Sono sicuro che pure loro pensano spesso a casa e alla famiglia, esattamente come noi. Mentre mi trovavo a combattere nei pressi di Gorizia, ricevetti finalmente una vecchia lettera che mi informava della nascita di un nuovo fratellino, venuto al mondo il 5 settembre 1915 e di nome Clemente, come il santo patrono del nostro paese.

Lavorare per il nemico

Migliaia di noi sono stati deportati in treno nei campi di prigionia dei territori austriaco e ungherese. Di strutture di quel genere ne esistono a centinaia; alcune sono molto grandi, e possono ospitare dai quarantamila ai centomila detenuti. All'interno si trovano anche reparti per la quarantena, punitivi, di semplice confinamento e campi di lavoro.

La maggior parte dei prigionieri vive in condizioni difficili. Un gran numero di detenuti sta morendo per le ferite riportate in battaglia, ma c'è pure chi sta deperendo per mancanza di cibo, per il freddo, per infortuni o malattie come la tubercolosi. Al governo italiano sono stati chiesti approvvigionamenti, ma si sono rifiutati. Abbiamo appreso che ci hanno etichettato come disertori, quindi immeritevoli di aiuto. Forse il vero motivo è che l'Italia è a corto di rifornimenti.

In un certo senso, sembra che noi "montanari" del sud siamo fortunati, perché in molti veniamo mandati a lavorare nelle zone agricole. Sia la Germania che l'Austria-Ungheria non sono in grado di sostenere le spese per il mantenimento delle decine di migliaia di prigionieri alleati nei campi. I loro contadini sono stati mobilitati assieme a tutti gli altri e sottratti quindi al loro lavoro di vitale importanza. Noi li stiamo rimpiazzando, contribuendo al sostentamento dei nostri fratelli alleati prigionieri, nonché dei nostri nemici dell'impero austro-ungarico.

Dai vagoni ferroviari aperti vediamo alcuni accampamenti sulla strada per Lubiana, in Slovenia. Da lì ci spostiamo più vicino ai Carpazi. Cambiamo linea e ci ritroviamo in una vasta zona agricola dell'Ungheria chiamata Kenyérmezo (Campo del Pane). Probabilmente per la mia esperienza con i cavalli, mi vengono assegnati semplici compiti quali badare alle bestie e coltivare la terra. Gli austro-ungarici possiedono oltre centomila cavalli impiegati nell'esercito. Il nostro lavoro serve ad assicurare loro cavalli sani e scorte di cibo per militari e civili. Quest'attività da schiavi è per loro preziosa, quindi mangiamo e dormiamo relativamente bene. Diamine, a differenza di chi si trova nei grandi campi di prigionia, ci viene persino fornita biancheria nuova!

Nel corso delle settimane giungono qui in fattoria nuovi prigionieri dal fronte. Speriamo portino delle notizie. Nella prima settimana di agosto del 1916 sono ripresi i combattimenti, e le nostre truppe hanno gloriosamente conquistato Gorizia! Una vittoria importante per l'Italia, che purtroppo è costata seimila soldati italiani e oltre trentamila feriti.

Il 20 agosto 1916 si presenta un'occasione fortuita. È festa nazionale e si celebra Santo Stefano, che mille anni addietro divenne il primo re d'Ungheria. Mentre ci prepariamo a ritirarci per la notte, si svolge il cambio della guardia. Il piantone notturno ha palesemente bevuto, forse un litro o due di acquavite alla frutta. Poco dopo essersi seduto accanto alla porta, cade in un sonno profondo! Decido di scappare, senza pensare alle conseguenze. Se verrò catturato, potrei essere giustiziato. È da un mese che ci rifletto, e sono giunto alla conclusione che potrei allontanarmi abbastanza passando inosservato.

Mentre la guardia russa rumorosamente, mi vesto sotto le coperte; poi, piazzo nel letto qualche indumento e un cuscino a mo' di fantoccio affinché non si accorgano della mia assenza. Ho uno zaino con del cibo sufficiente per qualche giorno e una borraccia d'acqua. Chi è ancora sveglio osserva la scena e tace. Alcuni sussurrano "Buona fortuna". Anziché uscire dalla porta aggirando la sentinella, sguscio furtivamente fuori da una finestra sul retro della stanza.

capitolo 5

Dalla padella alla brace

Qui alla fattoria Kenyérmezo conosco meglio i cavalli delle persone. Non ricordo come si chiamino le guardie, ma ho dato un nome a cinquanta delle duecento bestie al pascolo. Una giumenta mi fa venire in mente Gaius, e fin da subito ho pensato di battezzarla Numen, termine con cui i Sanniti indicavano il volere divino. Quando mi avvicino, i cavalli riconoscono il mio odore e non emettono alcun suono. Con molta calma, sello Numen e monto in groppa. Ci dirigiamo verso sud, lungo una strada sterrata che si estende per circa un chilometro e mezzo; poi, immersi in un'oscurità abissale, galoppiamo per chilometri e chilometri in aperta campagna.

Cavalco fino all'alba per allontanarmi il più possibile dalla fattoria. Credo di aver percorso una quarantina di chilometri. All'incrocio di un piccolo villaggio c'è un cartello stradale: Budapest si trova a soli venticinque chilometri a est. Giunti a un canale, lego Numen a un albero in prossimità di un ruscello, cosicché possa abbeverarsi e brucare; io nel frattempo raccolgo per lei del fieno. È un posto perfetto per riposarsi, nascosti alla vista di chiunque si trovi nel vicino villaggio. Non appena mi sdraio sulla sponda del fiume, scivolo rapidamente in un sonno senza sogni.

Qualche ora dopo, mi sveglio assieme alla gente del villaggio, indaffarata con le prime incombenze della giornata. Torno a concentrarmi sul mio obiettivo, ovvero lasciare l'Ungheria: qui, chiunque potrebbe consegnarmi alle autorità militari, che mi giustizierebbero in quanto fuggitivo. La Romania è un Paese neutrale, quindi ho urgenza di giungervi il prima possibile. Per non attirare l'attenzione, proseguo verso sud a passo lento; al crepuscolo, Numen galoppa a un ritmo più o meno sostenuto. Nei due giorni successivi provo a percorrere la stessa distanza, fermandomi solo per riposare quattro ore a notte.

Al quarto giorno, appena prima del tramonto, Numen e io valichiamo il confine rumeno nei pressi di una località chiamata Nădlac. Al sicuro dai nemici, posso finalmente rilassarmi, come non avevo più fatto dal giorno dell'arruolamento. Il villaggio conta all'incirca quattromila anime; parleranno rumeno e forse un ungherese stentato. Se incontrassi gente amichevole disposta ad aiutare un prigioniero fuggitivo, potrei ottenere qualche informazione utile e del cibo. Decido di rischiare e chiedere una mano. L'ideale sarebbe individuare un sacerdote di buon cuore; cavalco quindi in direzione del campanile. Giunto a destinazione, un cartello mi indica che quella è la chiesa di San Nicola. Voglio credere sia di buon auspicio, ce n'è una anche a Montenero.

L'edificio è deserto e immerso nel silenzio; nell'aria, un vago sentore di incenso. Mi inginocchio a una panca, chino il capo e ringrazio Dio di avermi condotto fino a questo luogo sacro. La lista di ciò per cui rendere grazie è infinita e i miei pensieri fluiscono ininterrotti. La porta in legno della canonica si schiude piano cigolando e svela un parroco sorpreso di vedere qualcuno genuflesso ai piedi della croce. L'uomo mi viene incontro sorridente e pronuncia alcune frasi di cui non comprendo il significato. Mi alzo e ricambio il sorriso, specie per quel puerile viso angelico, tradito però da una certa canizie.

"Padre, sono italiano. Sono un soldato." Indico il nord e poi i miei piedi. "Vengo dall'Ungheria. Voglio tornare in Italia."

Il prete inarca le sopracciglia e annuisce, poi riprende a discorrere. Afferro solo qualche parola, come "soldato", "ungheresi", "guerra". Mi fa quindi segno di seguirlo in canonica; a gesti, mi invita a sedermi al tavolo della cucina e inizia subito a offrirmi pane, formaggio e frutta. Mette su il caffè ed esce dalla porta sul retro. Un paio di minuti più tardi, ricompare in compagnia di un vicino che un po' parla la mia lingua. È così che, di lì a poco, vengono a conoscenza della mia storia.

Padre Silviu mi invita a restare: posso usufruire della stanza solitamente riservata agli accoliti. Anche Grigel, l'amico e interprete, si fermerà con noi. Mentre l'uomo ricovera in stalla la giumenta, il parroco mi mostra dove lavarmi. Prepara anche asciugamani e abiti puliti. Tanta gentilezza mi sconvolge dopo le esperienze vissute negli ultimi anni. Padre Silviu converte in azioni umane la grazia di Dio.

Rimango in canonica altri tre giorni. La mia fuga è in atto da settimane. Oggi, 27 agosto, in paese si diffonde la notizia che la Romania affiancherà gli Alleati nella guerra agli Imperi Centrali – Germania, Austria-Ungheria, Impero Ottomano e Bulgaria. A mia insaputa, padre Silviu e Grigel stanno escogitando un piano per farmi raggiungere la neutrale Grecia, passando per la nemica Bulgaria. Una volta a destinazione, potrei imbarcarmi su una nave per l'Italia.

Nădlac dista dal confine greco 773 chilometri.

Grigel ha dei contatti che potrebbero procurarmi un passaporto falso di nazionalità rumena. Come foto useranno quella della carta d'identità da prigioniero di guerra, e allegheranno un documento redatto in rumeno in cui si dichiara che sto andando in Grecia per studiare teologia presso l'università "Aristotele" di Salonicco. I timbri ufficiali della chiesa, di colore rosso, saranno prova di autenticità. Dovrei rasarmi i capelli e abbigliarmi secondo il ruolo, inclusa una collana con una piccola croce da portare sulla camicia. Il documento attesterà che sono sordo-muto. Potrò prendere un treno dalla vicina città di Arad, diretto a Salonicco. È un piano ben studiato, ma comunque non infallibile; sono tuttavia disposto ad attuarlo. Chiedo a Grigel di tenere con sé Numen: sulle prime non vuole accettare un dono così prezioso, poi però realizza che in ogni caso non potrei portare la cavalla con me. L'uomo va via e torna dopo venti minuti con il denaro sufficiente a coprire le spese per il mio rientro in Italia.

I miei nuovi amici si sono prodigati per l'organizzazione del viaggio. Non riuscirò mai a sdebitarmi. Sono pulito, riposato e rifocillato a dovere. Ci vogliono quattordici ore per raggiungere il confine bulgaro senza intoppi; ce ne vorranno altre sedici per Salonicco. Questa tratta del viaggio è snervante. I soldati bulgari vanno e vengono dalla Serbia, occupando la metà orientale del Paese, mentre le truppe austro-ungariche presidiano la metà occidentale. Con mio grande stupore, nessuno pare far caso alla mia presenza. Per tutti non sono che un religioso sordo-muto, innocuo come un moscerino. Quando oltrepassiamo il confine greco, vengo pervaso da una profonda pace interiore. Adesso, l'Italia non sembra più così lontana.

Giungo alla stazione di Salonicco alle nove del mattino. Cerco un albergo, faccio una doccia, mi rado e riposo qualche ora. Al mio risveglio realizzo di essere digiuno da due giorni. Alla reception cambiano parte dei miei lei rumeni in dracme greche. Il ristorante Aegean Breadbasket si trova al primo piano dell'albergo. Scelgo un tavolo vicino a una finestra che affaccia sulla strada.

Una giovane cameriera mi viene incontro aggraziata per portarmi un menu. Ai miei occhi quella ragazza è Afrodite, dea dell'amore. I capelli, neri come l'inchiostro, le cascano sulla schiena e brillano alla luce che splende dalle vetrate. Gli occhi color nocciola sono contornati da lunghe ciglia e spiccano sul candido incarnato. La divisa giallo pastello la avvolge dal collo alle ginocchia, incapace di nascondere le proporzioni del corpo, degne dell'ideale classico di bellezza. Mi porge il menu e dice qualcosa. Rimango incantato da quelle labbra setose che pronunciano sillabe a me sconosciute. Attende che risponda e io inizio a balbettare come una mitraglietta.

Imbarazzato al pensiero di quanto possa sembrare ridicolo, non riesco a trattenere una risata. Rido talmente di gusto da contagiare anche la ragazza. Mi scuso, quindi, non considerando il fatto che parlo italiano.

"Mi scusi, signorina, per questa uscita così infantile. Mi perdoni."

Dalla sua espressione deduco che ha appena realizzato che non parlo greco. Mi risponde allora in un italiano un po' stentato: "Mi scusi. Mio italiano non buono. Mia cognata lo insegnato me, lei è di Messina. Lavora alle navi."

Ci scambiamo qualche informazione e le racconto della mia fuga. Lei si chiama Evangelina Panos. Mi dice che la Grecia teme un coinvolgimento nel conflitto, vista la situazione nei Balcani.

"Magari possiamo vederci dopo mio turno?"

Vengo colto alla sprovvista, ma non trattengo un immediato "sì".

La mia unica priorità per la giornata era pranzare, ma ora non vedo l'ora che arrivi sera. Prima di tutto, però, devo mangiare. Non riuscendo a comprendere il menu non so cosa ordinare. Evangelina si offre di "portare qualcosa di buono". Trascorsi appena dieci minuti, arriva un vassoio con un ottimo stufato di verdure e del formaggio, e poi pane, insalata e vino rosso. Un pasto da re.

Quando vado a pagare il conto, Evangelina mi dice: "Vediamoci alle sei davanti hotel. Andiamo fare una passeggiata su lungomare. Ok?"

"Perfetto. A dopo." Penso tra me e me che un incontro del genere non potrebbe mai avvenire a Montenero. È come se un fulmine avesse colpito proprio me tra milioni di persone. Dopo gli anni passati in guerra, questa nuova relazione, con una donna vera, è una sfida. Non so come comportarmi o cosa dire. Dovrò seguire il puro istinto.

Prima di rientrare in camera, vado alla reception e scelgo una cartolina con impressa una foto a colori dell'hotel. Scrivo:

> Cari padre Silviu, Grigel e Numen,
> Sono arrivato oggi a destinazione grazie
> alla vostra guida. Che Dio vi benedica!
>
> Per sempre vostro,
> M.D.

Indirizzo alla chiesa di San Nicola a Nădlac, Romania, e il concierge mi assicura che si occuperà della spedizione.

Salgo in camera e dormo qualche ora. Verso le 17 e 30 mi rianimo con una bella doccia fredda e mi preparo. Raggiungo il luogo dell'appuntamento con dieci minuti di anticipo, ma Evangelina è già lì, coi capelli mossi da una lieve brezza e un aspetto fresco e allegro.

"Ciao, Michele! Hai visto solo stazione e hotel. Stasera andiamo al porto. Vedrai il Mar Egeo per la prima volta."

"Che bello! Non sono mai stato in Grecia. Quel che so l'ho appreso dai libri e dai racconti di altri italiani."

"Bene, le cose sono molto cambiate qui. Solo quattro anni fa, durante guerra dei Balcani, l'esercito greco ha preso questa città all'Impero Ottomano. Ora c'è più calma e ci stiamo riprendendo."

Mentre passeggiamo in direzione del porto, sento la gente parlare lingue diverse. Evangelina mi spiega che, dopo cinque secoli di dominazione ottomana, il turco è divenuto seconda lingua. Anche il giudeo-spagnolo è molto diffuso. La popolazione di Salonicco è per la maggior parte ebrea; i greci ne rappresentano appena un terzo.

Quindici minuti più tardi arriviamo a destinazione. Una zona del porto ospita tantissime navi cargo provenienti da varie nazioni. La Torre Bianca, antica fortezza poi riconvertita in prigione, svetta in lontananza.

Mi rivolgo a Evangelina mentre osservo la torre: "Non è poi così bianca, è color pietra naturale."

"Sì, hai ragione. Il nome risale al 1890. Fu un

detenuto a imbiancare l'edificio, guadagnandosi così la libertà. Oggi la torre è sede di un museo ed è il simbolo della città."

Evangelina è entusiasta e mi propone un modo per rimanere a Salonicco. "Ehi, Michele, non siamo lontano dall'università. Perché non studi per ordinarti sacerdote?"

La scruto velocemente da capo a piedi e alzo gli occhi al cielo. Sorridendo, affermo ironicamente: "Il mio obiettivo nella vita è diventare monaco." Lei riflette per un istante, traducendo mentalmente le mie parole; poi lo sguardo le si illumina di soddisfazione, ha capito di avermi conquistato.

Evangelina è tanto bella quanto intelligente, dotata di grande ironia. La passeggiata lungo il fronte alberato della baia rende la serata speciale. Percorriamo il quartiere Ladadika, costellato di locali accoglienti lungo le viuzze acciottolate, che per molto tempo ha ospitato il mercato centrale, punto di ritrovo cittadino. Da qui, in qualche minuto si raggiunge Piazza Aristotele.

Si fa notte, e i lampioni delle strade illuminano i nostri passi. Ci avviamo verso l'appartamento di Evangelina, poco distante dall'hotel. Vi si è trasferita quattro anni addietro, appena prima della guerra nei Balcani; poi lo scoppio del conflitto. La sua famiglia vive, al pari della mia, in un piccolo villaggio a circa centocinquanta chilometri da qui. Sono contadini dediti all'olivicoltura. Evangelina si è spostata a Salonicco per studio, ma la guerra ha stravolto tutto, inclusi i suoi progetti.

"Puoi fermarti qualche giorno in più, Michele? Sei diverso dagli uomini greci. Sai ascoltare, apprezzi ogni istante. Ci tieni alla famiglia e alle persone a te care. Sei gentile, mi tratti con rispetto. È bello stare in tua compagnia. Nei prossimi due giorni non ho turni a lavoro."

La ragione suggerisce il da farsi. "Evangelina, devo

rientrare in Italia per far sapere all'esercito e ai miei che sono vivo. Capisci?" Poi, però, è il cuore a prendere il sopravvento. "Sono fortunato per essere sopravvissuto, per essere qui, per averti incontrato... Va bene, rimarrò dei giorni in più."

Nel sentire la mia risposta, la ragazza, che per l'intera serata si era mostrata molto riservata, si lancia in un abbraccio spontaneo. Mi irrigidisco per qualche istante, e lei allenta la presa. Poi ricambio il gesto avvicinandola a me, così Evangelina torna a cingermi stretto.

Le successive due giornate sono un incanto. Visitiamo alcuni antichi siti romani e bizantini, tra cui la chiesa di San Demetrio e l'Arco di Galerio. Facciamo poi una pausa a un caffè e ci godiamo l'atmosfera sorseggiando una Fix Hellas ghiacciata.

Il mio ultimo giorno a Salonicco è il più piacevole. Evangelina mi presenta suo fratello Kostas e la moglie di lui, Gloria. La cognata prepara una squisita cena a base di piatti tipici siciliani. Il loro italiano è migliore di quello di Evangelina e la conversazione scorre meravigliosamente. Sono una coppia deliziosa, dal cuore generoso. Trascorriamo assieme quasi tutta la giornata, che pur essendo la più bella è anche la più triste, perché l'indomani partirò.

Arriviamo all'appartamento di Evangelina pressoché a mezzanotte. Il mio treno è alle 6 del mattino, mentre il suo turno inizia alle 7. Dirsi addio sembra impossibile. Siamo davanti all'ingresso, e mentre ci abbracciamo veniamo travolti dalla passione. La porta pare schiudersi da sola, ed Evangelina mi invita a entrare. Le ore successive sono colme di un'intimità mai provata in vita mia. Siamo entrambi sorpresi, eppure è tutto molto naturale. È per via della guerra che osiamo innamorarci, pur conoscendoci da così poco? O è forse come disse un filosofo: L'anima non tiene il tempo. Registra semplicemente la crescita.

Sono le 5 e 30, devo correre in stazione. Mi vesto in tutta fretta, poi mi fermo a guardare Evangelina. È nel letto, coi capelli corvini arruffati sul cuscino e il lenzuolo bianco che la copre fino alle spalle, le braccia incrociate e le mani sui seni. I suoi occhi da cerbiatta esprimono un dolore muto per la mia imminente partenza. Rimanendo ai piedi del letto, tiro lentamente il lenzuolo verso di me, scoprendo il corpo di Evangelina centimetro dopo centimetro. È una dea, sia dentro che fuori. Forse sono un matto a lasciare la mia Afrodite. La copro di baci risalendo dai piedi, fino a incontrare quelle labbra di velluto che non dimenticherò mai.

I successivi tre giorni sono di viaggio. La tratta dal porto greco di Igoumenitsa a Bari è di dodici ore. Sebbene la distanza da Bari a Campobasso non sia eccessiva, coi vari cambi, tra treno e bus, impiego un giorno intero. Quando giungo finalmente a Campobasso, il quartier generale è in piena attività, tra la gestione delle nuove reclute e la registrazione delle operazioni al fronte. Vengo inserito nella lista il 5 settembre 1916 e assegnato al 14° Reggimento Fanteria, il che significa che tornerò sull'Isonzo. Ho una settimana per visitare la famiglia a Montenero.

Per diversi mesi è stato impossibile mantenere i contatti con i miei. Nessuno sapeva dove mi trovassi o che fossi prigioniero. La gente al paese sa che i caduti in prima linea sono stati migliaia, quindi quasi tutti temono il peggio. Invece, contro ogni previsione, arrivo alla stazione di Montenero prima di mezzogiorno e cammino un'ora per raggiungere il villaggio. "Chi è laggiù?" I compaesani sono scioccati di vedermi in via Castellana, mentre mi dirigo verso casa. Si chiedono se si tratti di un'apparizione spettrale o di Michele in carne e ossa. Mamma mi abbraccia sulla soglia, piangendo a dirotto. Il piccolo Clemente ha poco più di un anno ed è comprensibilmente turbato dalla mia presenza. Vedo i miei molto invecchiati, e ciò mi rattrista. Sono stati anni difficili per loro: i figli sono partiti e la mia nonna paterna, Concordia, è morta il 3 agosto, durante la mia prigionia ungherese.

Pasquale è tanto premuroso. Quando può, invia alla famiglia indumenti e denaro. Dei fratelli in Argentina non si hanno notizie da mesi, temiamo quindi che anche lì sia accaduto qualcosa di grave. Parlo con mio padre per aggiornarmi il più possibile sulla situazione. Poi gli racconto dell'esperienza al fronte, delle ferite riportate, dei campi di prigionia, e infine della fuga. Vede le mie cicatrici e concordiamo che per adesso è meglio non mostrarle alla mamma o ai bambini.

Elvira ha vent'anni ed è ormai un'adulta responsabile. È fidanzata con Filippo Iacobozzi e stanno programmando di sposarsi, per poi emigrare a Chicago. Gli altri due fratelli, ora adolescenti, sono assennati e lavorano sodo per aiutare la famiglia, occupandosi del bestiame e della terra. Eppure, noto che potrei migliorare qualche aspetto della loro quotidianità, così durante la settimana di permanenza mi adopero per rendere casa e il fienile quanto più possibile confortevoli. Presto, però, dovrò ripartire per affrontare nuovamente il nemico.

Viaggiare in Italia è caotico. Le nuove reclute sono dirette a nord, assieme ai militari e alle razioni alimentari. Migliaia di feriti vengono invece trasportati verso sud, parecchi dei quali amputati. Giunto a Udine, ritrovo quel fronte che mi è ormai familiare, ma con molti più soldati rispetto a qualche anno addietro. Per il momento le truppe sono a riposo dopo aver riportato una vittoria sul Carso.

Arriva il mese di ottobre, e con esso una nuova battaglia. Eccomi ancora in prima linea a imbracciare il fucile. L'obiettivo è di estendere la nostra presenza su Gorizia. L'attacco inizia con il lancio di bombe dalla nostra potente artiglieria, seguito dall'avanzata della fanteria. I combattimenti durano appena tre giorni, dal 10 al 12, e non otteniamo alcun risultato, se non la perdita di oltre 50.000 soldati. Nessuno conosce il numero esatto dei caduti, poiché in molti risultano dispersi o prigionieri.

A novembre sferriamo un ulteriore attacco sul Carso. Come negli anni passati, constato che gli austro-ungarici godono di un vantaggio posizionale, trovandosi più in alto rispetto a noi. Hanno meno battaglioni e artiglieria, ma rimangono formidabili. Il generale Cadorna sospende l'attacco il 4 del mese, e ci rassegniamo a raggrupparci con l'anno venturo.

Novembre e dicembre trascorrono in balia della noia: ci vorranno quattro mesi per la ripresa del conflitto al fronte. A quanto pare i capi militari stanno decidendo come coordinare le operazioni sui versanti occidentale e italiano. La Germania ha inviato truppe e rifornimenti all'Austria-Ungheria.

In attesa della prossima battaglia, molti soldati vanno in licenza. Di solito raggiungono le città vicine per darsi all'alcol e alle donne, che più sono disponibili, meglio è. I racconti che ne seguono, incentrati sulle imprese con le prostitute, sono sempre coloriti e indubbiamente esagerati. Talvolta penso di unirmi a queste scorribande, ma poi mi torna in mente Evangelina. Non ci riesco, sarebbe come tradire la mia futura moglie, anche se non sarà lei.

L'obiettivo militare si è ora esteso da Gorizia a un raggio di quaranta chilometri lungo l'altopiano carsico. La speranza è di raggiungere Trieste e il monte San Gabriele, aprendoci così la strada verso la capitale slovena. Per due giorni, dal 10 al 12 maggio 1917, colpiamo con armi da fuoco pesanti, che il nemico contrasta sia con l'artiglieria che con le truppe. Riusciamo ad avvicinarci a Trieste, ma mancano ancora venticinque chilometri. Le contromosse austro-ungariche ci costringono alla ritirata, mandando in fumo quanto guadagnato nelle ultime due settimane di combattimenti. Tra le numerosissime vittime, 36.000 sono i soldati morti. Il nemico ha subito metà delle nostre perdite.

A metà agosto Cadorna è pronto a sferrare un nuovo attacco, ma stavolta con più artiglieria e più uomini. Utilizziamo oltre cinque milioni e mezzo di proiettili. Come nel precedente scontro, otteniamo un discreto successo. Il 12 settembre, entrambe le parti finiscono per cedere e la battaglia volge al termine. I nostri caduti sono 30.000; i feriti superano i 100.000. Anche in questa occasione, subiamo il doppio delle perdite rispetto al nemico.

A metà ottobre, gli aerei da ricognizione italiani intercettano l'arrivo di una cospicua unità militare tedesca, atta a rafforzare la linea austro-ungarica. Eravamo ignari del loro piano di utilizzare il gas tossico nella massima misura possibile. Gli ufficiali militari tedeschi si avvalgono di consulenti esperti in scienze e chimica. A fine ottobre inizia l'offensiva, che si concentra sulla zona di Caporetto. Vengono lanciate delle bombolette che offuscano le trincee italiane. Muoiono in centinaia, mentre altri si danno alla fuga. Le maschere antigas in uso alle truppe italiane proteggono per non più di due ore. Segue il bombardamento; poi l'esercito nemico avanza ben fornito di lanciafiamme, mortai, bombe a mano e un nuovo modello tedesco di mitragliatrice leggera.

Le truppe italiane devono ritirarsi per oltre trecentoventi chilometri, fino al fiume Piave. Si tratta, senza dubbio, della maggiore sconfitta subita dall'inizio del conflitto. Più di 13.000 soldati rimangono uccisi; i feriti sono 30.000 e in quasi 275.000 vengono fatti prigionieri. Pure gran parte dell'equipaggiamento ne risente, inclusi oltre 3.000 pezzi di artiglieria. Cadorna è costretto a dimettersi; a sostituirlo, in qualità di capo di gabinetto, è Armando Diaz. In seguito a tale disastroso esito, passato alla storia come Battaglia di Caporetto, arriveranno aiuti da parte di Francia e Inghilterra. Così, il 19 novembre 1917, dopo due anni e mezzo, termina la serie di operazioni lungo l'Isonzo. Adesso è il Piave la nostra nuova linea di difesa.

Ora il nostro esercito si trova in posizione di vantaggio sulle alture, principalmente intorno al Monte Grappa. Dalla metà di novembre alla fine del

1917, le truppe austro-ungariche attaccano senza però riuscire a guadagnare terreno. Alla fine di giugno dell'anno successivo, un secondo attacco lungo il Piave si conclude con l'ennesimo fallimento del nemico. Il loro obiettivo di raggiungere Venezia non si concretizzerà. Le nostre truppe riescono a stabilizzare l'area sotto le sagge direttive e la mobilità strategica del generale Diaz.

Dopo due battaglie sul Piave, le forze austro-ungariche cominciano a mostrare segni di debolezza. Per noi è il momento perfetto per lanciare una massiccia controffensiva. La principale linea d'attacco è diretta verso la città di Vittorio Veneto. Le divisioni italiana, francese e britannica iniziano l'avanzata nella notte del 23 ottobre, con un attacco completo l'indomani. In poco più di una settimana l'artiglieria italiana spara oltre 2.400.000 proiettili. All'offensiva si unisce pure un gruppo di fanteria statunitense.

Quando le truppe nemiche vengono cacciate da Vittorio Veneto, diventa palese che il loro potere militare sta collassando, assieme, stando a indiscrezioni, a quello politico. Nel mese di ottobre alcuni Paesi dell'impero austro-ungarico dichiarano l'indipendenza e qualche gruppo etnico si sta separando con l'intento di costruire nuove nazioni. L'Ungheria si sgancia dall'Austria per avere maggiore controllo sul proprio destino. In conseguenza del crollo politico, i nostri nemici si ritirano dal fronte senza un preciso ordine; le nostre truppe ne approfittano per avanzare rapidamente verso est. La nostra forza anfibia prende il controllo di Trieste. Il 3 novembre, i funzionari austriaci riconoscono la catastroficità della propria situazione e cessano le ostilità.

Umiliati, austro-ungarici e tedeschi chiedono

una tregua. Viene loro chiesto di evacuare le terre occupate dalla metà del 1914, oltre a gran parte dei territori vicini. L'Italia non solo conquista Gorizia, Trieste e le aree della Valle dell'Isonzo in cui vivevano le minoranze italiane, ma arriva anche a occupare le terre a ovest della Svizzera, a nord di Udine e Trieste, nonché quelle a sud di Trieste, lungo la costa adriatica.

La prima volta che misi piede sul campo di battaglia, nella primavera del 1915, eravamo in 300.000. Quando il 3 novembre 1918 viene dichiarato il cessate il fuoco, i soldati italiani sono cinque milioni. Abbiamo finalmente preso il controllo delle terre che il nostro governo desiderava da tempo. Al termine del conflitto, i caduti sul fronte sono circa mezzo milione; i feriti quasi un milione: un costo enorme per i nostri militari, nonché un pesante tributo per i civili in tutto il Paese.

Sono vivo. Presto rientrerò a casa e non vedo l'ora di rivedere la mia famiglia, il villaggio, i Pentro che galoppano lungo la sublime distesa pianeggiante. Il pensiero che Pasquale stia bene mi rincuora, sebbene si trovi all'altro capo del mondo. Nonostante i due anni trascorsi al fronte tra le atrocità della guerra, tornano ancora a farmi visita le immagini e i ricordi di Evangelina. Presto sarò su un treno che mi porterà a casa da uomo libero, senza alcun vincolo militare. Il cuore mi spinge in più direzioni. Una volta a Montenero, deciderò quale strada intraprendere, oppure lascerò che sia il destino a indicarmi la via.

capitolo 6

O ti mangi questa minestra
o ti butti dalla finestra

Il 3 novembre 1918 è un giorno lieto per milioni di soldati, poiché segna la fine del conflitto. Ci vorrà del tempo per rimettere a posto le cose, sia sul fronte che dietro le linee: occorre sanare i feriti, riparare o trasferire l'equipaggiamento, aiutare gli sfollati, migliorare le infrastrutture, e tanto altro. Siamo entusiasti di non dover più portare le armi, ma non di dover svolgere i lavori massacranti che ci verranno assegnati nei prossimi mesi.

È una gioia vedere le zone disastrate rifiorire pian piano e tornare alla normalità. Dopo sei mesi, la popolazione inizia a nutrire speranza per il futuro. Lavorano sodo, coltivando e allevando il bestiame. Molti giovani sono tornati a scuola. Da casa mi informano che persino nelle regioni più povere del sud le fattorie stanno ricominciando a produrre, e c'è di che sfamarsi. Nonostante questi progressi, sono comunque tempi difficili.

Riguardo a me, la libertà arriva l'8 settembre 1918: da quel giorno decorre la mia licenza illimitata. Ciò significa che il mio servizio militare è finito, sono stato congedato. Sono un uomo libero! Raduno i pochi effetti personali dentro a uno zaino da montagna che ho vinto di recente a carte. L'indomani, un camion militare porta cinquanta di noi alla stazione ferroviaria di Treviso, da dove raggiungiamo Venezia. A questo punto, il nostro gruppo si sparpaglia in varie direzioni. La mia coincidenza mi porta a Bologna; cambio poi a Pescara per Sulmona, e infine ho l'ultima tratta per Montenero. Per effettuare i cambi sono costretto a dei pernottamenti.

A Sulmona compro un grande sacchetto di confetti alle mandorle da gustare in famiglia. Dovrei arrivare a Montenero il 14 settembre, tre giorni prima del compleanno di mamma. Voglio regalarle qualcosa di speciale. Entro in un negozio in questa fredda giornata autunnale e vedo una bellissima coperta di lana realizzata a Taranta Peligna. Decido di acquistarla: terrà i miei genitori al caldo durante l'inverno e ravviverà la loro stanza col suo splendido motivo floreale.

Il treno raggiunge la stazione di Montenero alle 12 e 10. Le poche nuvole, leggere come piume, e il profilo di quei monti a me così familiari mettono in risalto l'intenso azzurro del cielo. L'aria è frizzantina e rende piacevole il tragitto che mi separa da casa. Se hanno ricevuto la mia ultima lettera sanno che sto per tornare, ma non in quale giorno e ora.

Eccomi finalmente davanti casa. Prima di entrare, mi fermo a osservarla. Dopo quattro anni e nove mesi trascorsi nell'esercito, essa mi racconta la sua storia. Con in mente il ricordo vibrante di papà e nonno ancora giovani, riesco a percepire i loro sforzi per ristrutturare questo edificio in solida pietra, vecchio tre secoli. Gli anni passano stratificandosi tra le sue mura, che registrano ogni gesto: mia madre che impasta il pane, che lavora a maglia sul balcone, o che prepara le verdure e lo stufato di carne per tutta la famiglia. Come fosse ieri, posso ancora vedere i miei fratelli correre scalzi per inseguire un maiale o una gallina, e stuzzicarsi a vicenda con scherzi di vario genere. Vedo mia madre che mi fascia un ginocchio dopo una caduta, confortandomi finché non smetto di piangere. Tra pochi giorni compirà cinquantaquattro anni. Vedo mio padre sollevarmi il morale con i suoi costanti incoraggiamenti. Vorrei possedere la sua stessa forza e saggezza.

La porta d'ingresso è chiusa per non disperdere il calore, così grido per farmi sentire: "Ehi, voi! È qui che vivono i migliori genitori al mondo?"

Mia madre è la prima a correre fuori, col grembiule e le guance imbiancati di farina. Mi abbraccia con lo stesso vigore dei locali orsi marsicani. Papà ci raggiunge col suo sorriso smagliante, cingendo entrambi con affetto, e raccoglie il mio zaino da terra. Berardino sbircia dall'uscio, cercando di capire chi sia; quando realizza che si tratta del suo fratellone, si precipita per unirsi all'abbraccio di gruppo. Entrati in casa, vedo Clemente che fa un sonnellino nella sua culla, con la spensieratezza dei suoi quattro anni.

Mi accomodo; poi vado a lavarmi e a indossare degli abiti civili, liberandomi dell'uniforme. Che confortevole sensazione! So che non lo è, ma casa nostra mi sembra una reggia. Dopo anni in trincea, la prospettiva e i valori cambiano. Ritrovarmi qui mi fa sentire quasi una persona normale.

Mamma sta preparando alla svelta una delle sue squisite pietanze. Credo cucini seguendo l'istinto, dando vita quasi per magia a carni succulente, salse speziate e verdure sapientemente insaporite con olio e aromi.

Mentre mi cambio, mia madre mi sgrida: "Michele! Sei secco come uno spaghett'! Sei talmente magro che mi domando come facciano i pantaloni a stare su. Non preoccuparti, ci pensiamo noi a farti ingrassare. Presto sarai bello in carne come padre Santucci: ormai la tonaca gli entra a malapena."

Verso ora di cena, papà ritorna dalla stalla assieme a Filippo; Elvira, invece, è stata a far visita alla futura suocera, Luigina Iacobozzi. Vincenzo non è in casa, quindi chiedo se sarà dei nostri. Mamma rimane muta davanti ai fornelli, a capo chino. Papà mi fa cenno di seguirlo fuori. Dice che abbiamo molto di cui parlare, visto che negli ultimi anni non è stato possibile tenerci aggiornati con regolarità. Ci sediamo su un muretto e lui inizia a raccontarmi di mio fratello.

"Subito dopo la tua partenza, nel settembre del 1916, Vincenzo è stato chiamato alle armi. Era novembre, aveva appena compiuto quindici anni. Era stato mandato a Modena per l'addestramento militare."

Vedendo gli occhi di mio padre riempirsi di lacrime, giungo a una conclusione: "Papà, è morto in guerra?"

Dopo una lunga pausa, papà prende un profondo respiro: "No, figliolo. È accaduto di peggio. Il 17 gennaio del '17, Vincenzo è stato accoltellato durante una lite con altri soldati provenienti da Torino. Al fronte non ci è mai arrivato. Nel verbale della polizia si legge che è stato aggredito per aver compiuto atti libidinosi con un altro uomo, ma noi non abbiamo mai percepito questa sua tendenza. Non credo a tale versione dei fatti. Non esistono ragioni valide per giustificare tanta brutalità. L'esercito ci ha restituito il corpo, adesso riposa al nuovo cimitero. Presto andremo a fargli visita."

Mi sanguina il cuore. Ci abbracciamo in silenzio, pensando a questa perdita e alla mancanza di notizie dai fratelli in Argentina.

"C'è dell'altro che devi sapere, ne sentiresti comunque parlare in giro. Sono stato arrestato..."

Prima che possa spiegare, esclamo: "Cosa? Quale reato avresti mai commesso?!"

"Non solo io, figliolo. Assieme a me hanno arrestato altre centoventidue persone! Tre anni dopo la tua nascita, il governo fece uno studio speciale sul pantano. Scoprirono che la palude aveva uno strato di torba spesso diversi metri, per un totale di oltre duecentocinquanta milioni di tonnellate di materiale! La notizia suscitò l'interesse immediato di qualche imprenditore, speranzoso di trarre facili e cospicui guadagni. Verso la fine della Grande Guerra vi fu carenza di carbone. C'era chi voleva trasformare il pantano in un bacino idroelettrico, chi invece voleva vendere la torba come combustibile. Gli amministratori del villaggio stavano seriamente pensando di metterlo in vendita.

"Mentre combattevate sul Carso nell'estate del 1917, dei monteneresi aggredivano i membri del consiglio comunale, ferendone alcuni. Tuo zio Pietro e altri otto compaesani hanno passato sei mesi dietro le sbarre, prima di essere graziati e liberati. Il pantano è il nostro mezzo di sostentamento da migliaia d'anni, e degli avidi imprenditori volevano sottrarcelo. La rilevanza della questione ha impressionato tutti noi".

Lo interrompo per porgli delle domande: "Quindi da allora il pantano è rimasto così com'era? Continuano a lavorarci e a coltivare?"

"Figlio mio, quello fu solo l'inizio. A gennaio del 1918, durante la festa di sant'Antonio, si scatenò l'inferno. La rabbia repressa sfociò in un violento attacco al municipio, dove la polizia era di guardia con fucili a baionetta. Dall'arco sopra Porta Nuova le donne scagliavano sassi e improperi verso il palazzo comunale. La polizia sparò per cercare di spaventare la folla. Francesca Di Marco, 66 anni, moglie di Antonio Scalzitti, venne colpita al ventre da una baionetta, perdendo così la vita.

"Il giorno seguente arrivarono dei soldati da Sulmona e si accamparono nella piazza. Furono mandati qui perché secondo alcuni funzionari la rivolta era politica. Dato che le proteste riguardavano la torbiera, i soldati rimasero per lo più passivi. Tuttavia, la polizia si mosse, cercando di arrestare le persone coinvolte in quella che chiamiamo Rivolta della Torba. Purtroppo uno Scalzitti, di soli undici anni, venne colpito mortalmente alla testa. Alcuni scapparono. Alla fine furono arrestati in centoventitré, caricati a forza su un grosso camion davanti a Palazzo De Arcangelis e condotti al carcere mandamentale di Forlì del Sannio. La maggior parte dei fermati venne rilasciata dopo un mese, altri invece furono trattenuti in cella per sei mesi, tra cui io, lo zio Pietro e suo figlio.

"Per l'omicidio della Scalzitti e del ragazzino furono interrogati quattro poliziotti, ma non si riuscì a provare quale figlio di puttana fosse il responsabile. In tutto, centoquindici monteneresi vennero accusati di crimini violenti e minacce alla polizia. A Isernia furono detenute una quarantina di persone; altri vennero imputati di concorso in reati o lesioni personali alla polizia reale. Tuo zio Pietro aggredì con un'arma un brigadiere, ma senza procurargli alcun danno. Pressoché un mese dopo rilasciarono più di cento detenuti. I restanti nove vennero trattenuti per circa sei mesi. Molti casi sono ancora aperti.

Rimaniamo in attesa, con la speranza che alla fine vengano tutti prosciolti."

"Oh Gesù! Papà, tu stavi combattendo qui mentre io combattevo al fronte!"

"Sì, figliolo. Sentirai tante storie sulla Rivolta della Torba. Ha coinvolto chiunque, in paese."

Mio padre sorride e dice: "Spero non ti arrechi dispiacere avere per padre un criminale come me. Ultimamente parlano di aprire un birrificio vicino alla stazione, Birra d'Abruzzo. Per combustibili utilizzeranno l'acqua del Sangro e la torba del pantano".

Rido e appoggio pienamente la sua partecipazione alla rivolta. "Papà, sono fiero di te. Anche tu sei un soldato, difendi ciò che è giusto e buono per la nostra gente. Gli uomini d'affari troppo spesso si approfittano degli agricoltori che lavorano duramente".

Papà si alza dal muricciolo in pietra. "Torniamo dentro, la cena sarà pronta. Ora, però, lasciamo da parte questi argomenti: sanno tutti cos'è successo, e non esistono parole che possano alleviare il dolore per la perdita di Vincenzo."

La famiglia si raduna a tavola, l'atmosfera è quella d'un tempo: papà scherza, mamma serve il cibo e ognuno condivide la propria giornata. Siamo assieme, nel bene e nel male. Lavoriamo tutti i giorni, come sempre. Viviamo al ritmo delle stagioni. Con un po' di fortuna, il raccolto sarà abbondante e le vacche produrranno buon latte. Questa è la nostra quotidianità al villaggio, da millenni in armonia con la terra. È la politica a complicare le cose. C'è ancora tanto di cui discutere in famiglia e in paese riguardo all'emigrazione.

I miei sono del parere che dovrei tornare in America. Pasquale è a Erie, dove ci sono molte opportunità. Adesso è sposato e ha appena avuto una bambina: è nata il 5 maggio e l'hanno chiamata Antoinette. Conosco già la città e so che potrei stabilirmici facilmente. Senza dubbio, sarebbe un bene per me e Pasquale, e potremmo al contempo aiutare a distanza la parte di famiglia rimasta a Montenero. Dovrò destarmi dal sogno e dimenticare Evangelina. Durante il periodo al fronte non ci è stato possibile restare in contatto, è passato troppo tempo ormai. Probabilmente sarà sposata. Ho preso atto della realtà, che mi indica la via. Potrei partire dopo il raccolto estivo, non ho alcuna fretta.

È tempo di festività natalizie e siamo presi dai preparativi. Il 6 dicembre celebriamo san Nicola, protettore dei bambini. Berardino sarà felice di ricevere un regalo, ma sarà il piccolo Clemente a venire inondato di giocattoli e affetto. Mia mamma prepara dolci a non finire in vista delle visite di parenti e amici; pure noi andremo a trovare le persone più care.

Le ricorrenze sembrano fondersi assieme in un'unica, lunga festività culminante con l'Epifania, il 6 gennaio. Sulle prime, Clemente si spaventa e inizia a piangere alla vista della simpatica Befana, interpretata da una compaesana che gira per le strade del paese. Quando la vecchietta gli riempie le scarpine di caramelle, lui improvvisamente scoppia a ridere.

Giunti alla metà del 1920, invio il mio passaporto al consolato degli Stati Uniti a Napoli per richiedere un visto. Con un po' di fortuna, potrei riaverlo in tre o quattro mesi. Ottenuto il documento, prenoto il piroscafo e informo Pasquale del mio arrivo a New York. Mio fratello sta già provvedendo all'alloggio e prendendo contatti con potenziali datori di lavoro. Nella sua ultima lettera ci comunica che il 6 settembre hanno avuto un bambino, purtroppo nato morto. Gli hanno dato il nome di mio padre. Se avranno un altro maschio, si chiamerà Serafino. Penso a tutto questo, ma provo a rimanere con la mente qui a Montenero, godendomi il tempo trascorso in famiglia.

Passeggiando tra i sinuosi vicoli di Montenero, passato e presente si fondono. Nella piazza principale, una nuova targa in marmo apposta sulla facciata del municipio rende onore ai caduti in guerra.

Vi si legge:

CADUTI NELLA GUERRA 1915 – 1918
IL POPOLO TUTTO, FIERO E COMMOSSO, ADDITA
AI POSTERI L'EROICO MARTIRIO DEI SUOI FIGLI

- Marcello Bonaminio
- Alfonso DiFiore
- Erminio Del Sangro
- Achille DiNicola
- Alessandro Fioritti
- Romeo Procario
- Nicola Mannarelli
- Emidio Orlando
- Biase Cacchione
- Isidoro DiFilippo
- Giovanni Micigan
- Cosmo DiLuca
- Gregorio DiNicola
- Giulio Freda
- Giuseppe Procario
- Giulio Gigliotti

La targa è stata scolpita con il contributo degli abitanti del villaggio per "ricordare con orgoglio a imperitura memoria" quattordici monteneresi. L'elenco include anche due uomini nati in paese ma vissuti oltreoceano, caduti in battaglia combattendo per l'esercito statunitense. Altri, di origine montenerina, vissero all'estero e prestarono servizio nella Grande Guerra. Uno di essi si stabilì a Chicago e ottenne la cittadinanza statunitense offrendosi volontario nell'esercito americano.

Parlando con la gente del posto, scopro che in paese ci sono nuovi esercizi commerciali, i cui proprietari sono invalidi di guerra. Il governo, anziché erogare pensioni di invalidità, mette a disposizione posti di lavoro per consentire a questi sfortunati reduci di guadagnarsi da vivere. Per loro esiste anche la possibilità di gestire un negozio sponsorizzato dal governo, chiamato Sali e Tabacchi. Si tratta di rivendite di generi di monopolio come sale, tabacchi, francobolli, cartoline, carta bollata, quaderni e matite.

Paolo Bonaminio fu uno dei tanti soldati tornati a casa dalla guerra con ferite invalidanti. Come me, ha combattuto sull'altopiano carsico. Con la sua famiglia gestisce la rivendita di sale e tabacchi n° 2. Gli chiedo delle ferite e lui mi racconta di un sogno. Gli apparve sant'Antonio, che gli disse di coprirsi gli occhi con entrambe le mani. "Paolo, cosa vedi?" domandò. Paolo ovviamente rispose: "Niente!"

Allora il santo gli disse di scoprire l'occhio sinistro, lasciando una mano sul destro. Ripeté quindi la domanda: "Ora, cosa vedi?" Paolo rispose: "Adesso ci vedo un po', ma non perfettamente". E sant'Antonio: "E allora dovresti accontentarti". Finito il sogno, Paolo si svegliò subito.

L'indomani, in combattimento, un soldato austriaco colpì Paolo all'occhio destro con una baionetta. Memore del sogno, Paolo era fiducioso che sant' Antonio gli avrebbe salvato l'occhio sinistro. Recentemente l'uomo ha avuto un figlio, che ha chiamato Antonio in onore del santo. Ha pure allestito nella sua camera da letto un piccolo altare con la statua del santo, a cui accende un cero ogni giorno.

La storia di Ernesto Miraldi è simile a quella di Paolo: anche lui perse un occhio in battaglia durante il servizio come tiratore scelto nel corpo di fanteria. Gli venne inoltre amputata una gamba per via delle gravi ferite riportate. Affinché potesse continuare a provvedere alla famiglia, lo Stato gli concesse di avviare il sale e tabacchi n°1. Attualmente, Ernesto non riesce a gestire l'attività a causa dei dolori e della ridotta mobilità, così sono il padre Mattia e la moglie Domenica a sostituirlo in negozio.

Dopo la prima guerra mondiale, il numero di attività commerciali, cantine e ristoranti in paese è aumentato. Ci sono sei taverne, dove i clienti solitamente giocano a carte consumando vino e cibo. Sia Giovanni Orlando che Matilde Procario hanno avviato un'osteria. Pasquale Pede possiede un alimentari. La cantina di Terenza Scalzitti dispone anche di un locale in affitto. Quintino Zuchegna gestisce una seconda bottega di alimentari vicino alla piazza, mentre la taverna e l'alimentari di Chiara si trovano proprio in piazza. Nei pressi della chiesa madre, Florideo Iacabozzi gestisce la "Piccizeria". Rinaldo Freda ha aperto invece un locale in cui è possibile acquistare generi alimentari e godersi una serata tra bevute e partite a carte. Queste attività commerciali giovano alla popolazione del dopoguerra, specie agli uomini che lavorano duro e bevono molto. Mi piace il loro cameratismo.

La vita quotidiana a Montenero è un po' migliorata rispetto a prima della guerra. Lavoriamo duro come sempre, ma adesso disponiamo di più posti in cui rilassarci e godere della compagnia di amici e conoscenti. Le nostre principali festività durante l'anno sono dedicate ai santi Antonio e Clemente. In queste giornate speciali mangiamo, beviamo e siamo davvero di ottimo umore!

Poiché negli ultimi sette anni mi sono perso la festa di sant'Antonio, vorrei che quest'anno fosse davvero unica. Monaco cristiano del IV secolo, il cui nome completo è Antonio Abate, è il patrono degli animali e di quanti svolgono attività a essi correlate, come l'allevamento e la macellazione. Montenero, con la sua lunga tradizione legata alla produzione di carne, latte e uova è particolarmente devota al santo, che viene celebrato ogni 17 gennaio.

Oggi, 16 gennaio, ci prepariamo alla festa. Mi reco in piazza per assistere e partecipare alle celebrazioni. I bambini percorrono le vie del paese suonando dei campanelli e cantando "La festa di sant'Antonio! Mangia e bevi!". Sentendo il trambusto, gli abitanti escono in strada per offrire un ceppo di legno ai bambini, che provvedono a legarne assieme un paio per trascinarli in piazza. Sono quindi gli adulti ad

accatastare la legna, formando una grande pira conica.

Mentre i bambini girano per il villaggio, le donne preparano una schiacciata, che viene poi benedetta. Il profumo di pane appena sfornato inonda i vicoli. L'indomani, i pani verranno distribuiti ai poveri, che vengono a mendicare a Montenero dai paesi vicini.

Trascorsa la mezzanotte viene acceso un fuocherello, detto fucarigl', che i giovanotti si divertono a saltare per far bella mostra di sé. Il mattino seguente, durante la processione, il piccolo fuoco viene utilizzato per appiccare un enorme falò. Subito dopo la messa, una statua policroma di sant'Antonio viene portata vicino ai fuochi, dove il parroco provvede a benedirla. Tutti noi partecipiamo alla processione affinché Dio protegga il nostro bestiame.

Terminata la funzione del pomeriggio, i giovani

si riuniscono per prepararsi all'itinerante e chiassosa parata in maschera. Quando la gente li sente avvicinarsi, distribuisce pane e vino per la celebrazione serale. Una persona travestita da diavolo passa più volte davanti al falò con altri demoni al seguito, fingendo di aggredire gli astanti. In un'atmosfera euforica in cui l'alcool scorre a fiumi, si tiene una lotteria, il cui primo premio è un bel maiale grasso. Al vincitore toccherà poi fornire il premio per l'anno successivo.

La statua del patrono viene portata al falò, dove il sacerdote recita una preghiera. Sant'Antonio viene invocato per la protezione del bestiame da ogni male; segue quindi la benedizione del fuoco, delle persone e degli animali, sia domestici che selvatici, come quelli che popolano il pantano. Al tramonto inizia la parte della festa che preferisco: gli abitanti del villaggio si riuniscono attorno al fuoco per arrostire salsicce, cantare e ballare, il tutto accompagnato dal casereccio vino locale.

Nei mesi successivi la vita al paese prosegue regolarmente. C'è molto da fare nei campi durante la primavera. La mungitura è un'incombenza quotidiana; ci sono poi anche la falciatura, la trebbiatura e la macinazione per ricavare la farina. Alcuni producono il vino, altri il formaggio. Ci prendiamo cura dell'orto e barattiamo cibo e oggetti. Il lavoro non manca mai, per questo la festa per il santo patrono, che ricorre a metà estate, è una pausa estremamente gradita.

Da che ricordi, la festa patronale più importante dell'anno è quella in onore di san Clemente. Le celebrazioni durano tre giorni: nel corso della prima e principale giornata, si tiene una processione capeggiata dal parroco e dai portatori delle statue del patrono e delle sante Lucia e Margherita, seguiti da una fiumana di monteneresi.

Oggi, seconda domenica di agosto, la mia famiglia e io ci uniamo alla processione con partenza dalla chiesa madre intitolata a Santa Maria di Loreto. Padre Federico Santucci, alcuni chierichetti e il portatore della croce fanno strada nei loro bei paramenti. Ci incamminiamo verso la Corte in cima al paese e percorriamo poi le tante stradine tortuose che conducono al pantano. Al nostro passaggio, padre Santucci benedice chiese, cappelle, abitazioni private e persino le coperte stese ad asciugare.

Trascorse all'incirca tre ore, la processione volge al termine. Il parroco e il sindaco, Giovanni Orlando, enunciano dei discorsi ispirati ai valori cristiani che invogliano i presenti alle buone azioni, nonché alle lodi quotidiane rivolte al patrono.

In questi tre giorni, i venditori ambulanti offrono una varietà di frutti gustosi. I nostri compaesani suonano canzoni tradizionali con strumenti a corda e a corno, mentre un gruppo di musicisti professionisti ci intrattiene con brani più moderni. Interpretano persino parti di opere liriche! Mia mamma si esibisce con un timbro che ricorda il canto del gallo, suscitando l'ilarità dei nostri amici.

Alcuni uomini e ragazzi provano ad arrampicarsi su un palo cerato che si erge a circa sei metri da terra. Ci provo anch'io, ma nonostante le urla di incoraggiamento non arrivo neppure a metà altezza. Giulio Caserta è il primo a riuscirci, e la cosa non mi sorprende, dato che somiglia un po' a una scimmia.

Le strade principali del paese sono gremite di persone vestite a festa per l'occasione, sfoggiando i pezzi migliori del proprio guardaroba. Degli uomini indossano completi eleganti sebbene siano contadini alla mano, dediti al lavoro della terra. Tra gli anziani, i capi vistosi servono a collezionare riconoscimenti, come a segnalare un'annata proficua. Tra i più giovani, l'abbigliamento è un modo per mettersi in mostra con l'altro sesso, e a volte funziona! La festa di paese è una buona occasione per combinare matrimoni, attività che per molte anziane rappresenta una sorta di impiego.

Bar e taverne traboccano di avventori. Gli uomini si divertono alla morra, gioco di epoca romana che si pratica col solo uso delle mani: il punto va a chi indovina il numero totale di dita risultante all'apertura contemporanea dei pugni da parte di tutti i giocatori. La morra, al pari dei giochi di carte e delle bocce, prevede solitamente vincitori e perdenti. Si gioca per vino, birra o denaro, cosa che spesso porta i partecipanti ad agire un po' da buffoni.

I festeggiamenti proseguono fino a tarda notte tra cibo, vino, musica e chiacchiere. Probabilmente, neppure le vacche riescono a riposare con tutto quel baccano. La festa di san Clemente è un momento unico per gli abitanti di Montenero, che in questi giorni provano un forte senso di appartenenza. I ricordi sono fatti per essere custoditi, apprezzando il duro lavoro altrui, la famiglia e gli amici. In queste giornate così speciali si celebra una santa persona, il patrono del paese. Ora che sono più maturo e più curioso, chiedo a padre Santucci e ad altri compaesani qualche dettaglio sulla vita del santo.

Una legge emanata dall'imperatore Caligola prevedeva che qualsiasi seguace della religione cristiana venisse ucciso e dato in pasto ai leoni. Per scoprire in cosa consistesse la nuova religione,

Clemente vestì i panni di cittadino comune per partecipare a un incontro con un oratore cristiano. Il predicatore e altri cristiani si riunivano nelle catacombe di Roma per evitare la polizia o le legioni, e per assistere alle messe.

Dopo aver assistito a numerosi raduni, Clemente si convertì al cattolicesimo e iniziò a sostenere economicamente la comunità cristiana, fornendo inoltre consigli su come eludere le autorità. Alla fine, qualcuno lo accusò di essere cristiano e Caligola emise nei suoi confronti l'ordine di pena capitale. L'uomo venne giustiziato, ma non fu dato in pasto ai leoni perché Romano.

La famiglia di Clemente reclamò il corpo, che fece imbalsamare e deporre in una cripta. A metà del Settecento, papa Pio VI lo proclamò santo e martire, sia perché i resti erano miracolosamente intatti sia per l'aiuto profuso ai cristiani.

I monteneresi desideravano ardentemente che il villaggio conservasse le reliquie di un santo, poiché si credeva che potessero proteggere da eventuali calamità. Venne quindi inviata una richiesta al Vaticano; Papa Pio VI la accolse e predispose il trasferimento delle spoglie di san Clemente a Montenero.

Le reliquie del santo furono trasportate con massimo rispetto e cura. Il corpo fu rimosso dalle catacombe di San Callisto, nei pressi dell'Appia, uno dei cimiteri più grandi e importanti della capitale, essendo quello ufficiale della Chiesa di Roma. Vi riposano quasi mezzo milione di defunti, tra cui sedici papi e oltre cinquanta martiri. I papi disposero la traslazione delle reliquie nelle varie chiese cittadine, nel timore che gli Arabi potessero invadere la città, profanare la catacomba e trafugare i sacri resti.

La salma di san Clemente venne trasportata a Montenero come previsto. Il nuovo patrono del paese arrivò il 6 giugno 1776, accolto da centinaia di abitanti, oltre che da autorità religiose e civili. Per l'occasione, fu organizzata una grande festa nella chiesa parrocchiale di Santa Maria di Loreto. L'altare in marmi policromi su cui oggi riposa il corpo del santo fu ultimato nel 1777. Piante e simboli sacri sono visibili nei rifasci e nei sostegni decorativi in marmo. Da allora, ogni anno si celebra la festa di san Clemente martire.

La presenza di san Clemente è di gran conforto sia spirituale che psicologico per la gente del villaggio. È a lui che i monteneresi si affidano per sostenere le difficoltà quotidiane o in situazioni disperate, per esempio di fronte ai soprusi dei nobili, alle irruzioni dei banditi, o in caso di epidemie e terremoti. Le preghiere rivolte al martire nascono dal profondo del cuore e dell'anima.

Sono tornato dalla guerra da ventitré mesi. La mia famiglia e io abbiamo lavorato sodo alla fattoria, prendendoci cura del bestiame. Soprattutto, abbiamo trascorso molto tempo assieme, sia nei momenti di maggiore fatica sia in quelli di svago, come per esempio al pantano, col mio vecchio Gaius, papà e Berardino. Clemente sta crescendo alla svelta. Ha sei anni ed è estremamente intelligente, sempre di buonumore come nostro padre.

In questi ultimi due anni ho fatto tutto il possibile per assicurarmi che i miei cari stiano bene. Ora dovrò "saltare fuori dalla finestra" e attraversare nuovamente l'oceano. L'11 agosto partirò per Napoli, da dove prenderò la SS San Giovanni diretta a New York. Lasciare casa e il paese mette a dura prova il mio animo.

capitolo 7

Finchè c'è vita, c'è speranza

Arrivo a Erie di domenica sera, il 26 agosto 1921. L'aria è soffocante, come se l'umidità mi avesse seguito da Ellis Island, per poi aumentare appena sceso dal treno. È bellissimo vedere mio fratello Pasquale che aspetta di riabbracciarmi. Dopo la lunga traversata e una serie di treni e bus, carico di bagagli, tutto si risolve nella piacevole sensazione di essere proprio nel posto giusto, nella mia nuova casa in Pennsylvania.

Sembra un miracolo che Pasquale ora abbia un'auto tutta sua. A Montenero circolano solo cavalli e asini. Ha acquistato una vettura di seconda mano, una Ford T del 1918. Giungiamo a casa, che si trova sulla 18esima, in un baleno; sua moglie, Maria, sta preparando la cena. Non l'ho mai vista prima, ma conosco i suoi genitori. Mi porta dalla loro piccola Antoinette, che adesso ha più di due anni. Per il mio arrivo Pasquale ha programmato una serata tranquilla, di modo che possa sistemarmi e riposare. Dopo la doccia, li raggiungo in cucina e ci intratteniamo un po' a tavola, godendo del buon cibo e della reciproca compagnia.

Consumiamo il pasto con calma. Maria ha preparato un'insalata con verdure fresche di un orto dietro casa e salsicce fatte a mano comprate in un negozio di prodotti siciliani in fondo alla strada. È tutto casereccio, inclusi il vino e la pasta e fagioli. Mia cognata va a letto intorno alle 22, mio fratello e io ci fermiamo invece a chiacchierare fino a mezzanotte. Si è preso il lunedì di ferie per aiutarmi con le prime cose da sbrigare. Lavorerà per tutto il resto della settimana, mentre io esplorerò il quartiere.

Pasquale ha concordato per me un appuntamento presso un'azienda manifatturiera. Vengo assunto giovedì stesso, in sede di colloquio, come addetto alle pulizie. La paga è buona e i turni fissi. Inizierò lunedì. Ci sono opportunità anche in altre aziende, ma per il momento accetto questo impiego per assicurarmi fin da subito un introito.

Mio fratello rientra da lavoro e mi fa: "Ehi, Michele, è venerdì sera. Che ne dici di andare a provare una birra locale, la Koehler?" Ci prepariamo e usciamo; in un quarto d'ora arriviamo al Montenero Club. Con entrambe le mani sulla testa, il barista mi fa un cenno e mi saluta: "Bentornato al Montenero Club, Michele!" I presenti si voltano, qualcuno mi è familiare. Sono tutti nostri vecchi compaesani, e Pasquale mi presenta quelli che non conosco. Il barista, Guido Fabrizio, mi mostra i nuovi locali al primo piano, compresa la cucina; poi ci conduce su per le scale fino al corridoio al secondo piano: seduti ai tavoli, ci saranno un centinaio di uomini che mi danno il benvenuto a Erie e al Monty Club!

Pasquale ha organizzato questa sorpresa. Ritrovo tante vecchie conoscenze: Colonna, Miraldi, Calvano, Donatucci, Caserta, Pallotto, Iacobucci, Scalzitti sono tutti originari di Montenero e hanno ricreato qui al club una sorta di villaggio in miniatura. Aquilino Orlando provvede al cibo che verrà presto servito ai tavoli, mentre Angelo Di Filippo intona, d snostro dialetto. Tutto ciò è frutto delle premure di mio fratello.

Il club nacque nell'ambito di una società nazionale di mutuo soccorso a sostegno dei monteneresi immigrati. Nel cuore della Little Italy di Erie, è un luogo di ritrovo accogliente dove i nostri compaesani possono rilassarsi e socializzare, condividendo storie passate e progetti futuri. Nei mesi successivi continuo a frequentarlo, approfondendo la conoscenza dei vari affiliati.

Nel corso dell'anno, uno dei soci che ho frequentato maggiormente è Vincenzo Caserta. Pasquale lo invitava sempre al nostro tavolo, e ne compresi il vero motivo solo in un secondo momento. Vincenzo emigrò a Lorain, Ohio, nel lontano 1900, all'età di trent'anni. Dopo essersi stabilito a Erie, riuscì a portare in America anche la moglie, Filomena, e tre delle loro quattro figlie. Continuavo a sentir parlare delle gemelle, Lucia e Ginevra, arrivate l'anno scorso da Montenero. Antony Orlando ha puntato Ginevra, mentre io sono attratto da Lucia. È affascinante, molto educata e ha cinque anni in meno di me. Visto il mio modesto impiego, in questa fase della mia vita non mi sento pronto ad avvicinarmi alla famiglia Caserta e costruire qualcosa di più serio con la ragazza.

Erie è una città fiorente in cui il lavoro per gli immigrati—siano essi italiani, tedeschi, polacchi, irlandesi o di altre nazionalità—non manca. Molti molisani sono occupati nel settore edile. La fortuna arriva una sera al Montenero Club, quando mi viene offerto un posto in una ditta di costruzioni, operante nell'edilizia sia privata che commerciale. La paga e gli orari sono migliori rispetto a quelli attuali, ma fisicamente sarà estenuante.

Vivendo con Pasquale, riusciamo entrambi a

mettere da parte dei risparmi. Lui e Maria hanno avuto un altro bambino in agosto. L'hanno chiamato Serafino, come nostro padre, rispettando la promessa fatta in seguito al bimbo nato morto. Inoltre, inviamo regolarmente denaro e beni di vario tipo ai nostri genitori. Pasquale è molto indaffarato adesso, deve mantenere la propria famiglia. Penso all'avvenire e mi domando quando avrò anch'io una famiglia tutta mia.

Visto che sono single, lavoro sodo e spesso mi propongo per gli straordinari. Mi sento come un mulo di Montenero: passo le giornate a trascinare e spostare pesanti pile di mattoni in giro per il cantiere. Dopo otto ore, ho i muscoli talmente affaticati da non riuscire a sollevare una bottiglia di birra. Penso ai miei genitori, ai fratelli e al futuro: è per questo che fatico duramente e metto da parte dei risparmi.

Trascorso un anno di lavoro massacrante, divento apprendista muratore. È un'arte che si impara gradualmente, poiché bisogna capire come preparare le fondamenta, segnare le guide, mescolare la malta e tagliare i mattoni. Il progetto finito deve avere un bell'aspetto, con una posa pulita del cemento tra i mattoni in perfetto allineamento. È molto soddisfacente ammirare il risultato e sapere che i tuoi sforzi saranno utili ad altri nei decenni a venire.

Tutto il 1922 mi vede impegnato nella costruzione del più importante edificio, la Casa per Bambini San Giuseppe, sulla sesta strada. Si tratta di uno stabile a sei piani con centinaia di stanze, tra cui cucine, una mensa, la palestra, la cappella e svariate aule. La facciata a mattoncini rossi non è uniforme, bensì adornata con archi e rifasci in pietra bianca.

Un giorno, trovandomi in banca per depositare un assegno, mi trattengo per chiedere informazioni su come avviare un'attività in proprio. Potrei io, immigrato che a malapena parla inglese, ottenere un prestito? Poiché verso con regolarità e non ho debiti, il responsabile mi assicura che non ci sarebbero impedimenti, a patto che il piano aziendale sia solido. Dico di dover valutare bene la situazione e decidere poi con calma.

Condivido i miei propositi con Pasquale e altri monteneresi che hanno già avviato attività in proprio. Forse ispirato da mia madre, il mio sogno è aprire un panificio. C'è un edificio tra la 17esima e Liberty Street che potrei acquistare e attrezzare del minimo indispensabile: forno, mixer, teglie, padelle, griglie, affettatrice e frigorifero. Avrei parecchi clienti a Little Italy e potrei vendere i prodotti anche a ristoranti e negozi.

Ci vorranno mesi per allestire il locale; nel frattempo continuo a lavorare come muratore. Pasquale non può essermi molto d'aiuto perché ha avuto la sua terzogenita: è nata ad aprile e si chiama Gelsomina. Nell'estate del '24 concludo la mia esperienza nel campo dell'edilizia e mi ritrovo a lavorare di notte al panificio. Ogni pagnotta è per me un mattoncino che concorrerà alla costruzione della mia attività. Acquisto un furgoncino Ford TT di seconda mano per effettuare le consegne; inoltre, mi tornerà utile per dei lavoretti extra.

È questo il sogno americano? Pasquale e i miei sono molto orgogliosi dei traguardi che ho raggiunto. A Erie mi son creato una vita solida e prospera. Attualmente, vado sempre più spesso a casa di Vincent Caserta, dove sto approfondendo la conoscenza di Lucia. Sto considerando di farle la proposta con l'anno nuovo.

Il compleanno di Lucia è il 13 dicembre; i Caserta ci invitano da loro per i festeggiamenti. Mentre gli ospiti si intrattengono tra cucina e sala da pranzo, io mi trovo in soggiorno con Lucia e le parlo di quanto mi senta realizzato, pur avvertendo l'esigenza di vivere in un posto tutto mio. "Cara, vorrei facessi parte della mia vita e della mia nuova casa. Mi vuoi sposare?"

Mi guarda sbalordita. Sbalordita ma felice. Annuendo, sussurra: "Sì, amore mio." Decidiamo di tenere segreta la notizia finché non l'avrò detto ai miei. Se se lo lascerà scappare con sua sorella Ginevra, entro domani tutta Erie lo saprà, e forse persino tutta Montenero!

Qualche giorno più tardi, mi ripresento dai Caserta. So che Vincenzo è sempre in casa dopo il lavoro. Filomena guarda da dietro le tende della porta d'ingresso e mi riconosce. "Vieni, vieni, Michele!" Vincenzo si affaccia in soggiorno e mi chiede di seguirlo in cucina. Filomena prepara il caffè, accompagnato da pizzelle e altri biscotti.

Parliamo del più e del meno per circa un quarto d'ora; poi, sposto la conversazione su Lucia, complimentandomi per come l'hanno educata, e sul rispetto che nutro per la loro famiglia. Per non suonare eccessivamente stucchevole, vado dritto al punto: "Signora e signor Caserta, sento di conoscere bene l'animo di vostra figlia e vorrei chiederle di sposarmi. Se pensate ne sia degno, vorrei la vostra benedizione."

Mentre Filomena prova a contenere l'entusiasmo, Vincenzo mi stringe la mano e mi abbraccia. "Non potremmo essere più felici. Sappiamo quanto tenete l'uno all'altra. Hai la nostra benedizione," dice la donna. Vincenzo alza un sopracciglio ed esclama:

"Grazie, giovanotto! Era ora che mia figlia si levasse di torno! Presto conoscerai i suoi lati più spigolosi e io potrò finalmente vivere in santa pace!"

La moglie lo colpisce alla nuca con uno strofinaccio, ma ridono entrambi colmi di gioia. "Certamente, sappiamo che sarete una bellissima coppia. Siete comprensivi, pazienti e diligenti. Di' sia a lei sia ai tuoi che approviamo con tutto il cuore." Li ringrazio infinitamente e torno a casa da Pasquale.

Dopo aver informato mio fratello della proposta di matrimonio, la notizia si diffonde in fretta in città. Gli auguri e le felicitazioni si protraggono per mesi. Anche Lucia è ansiosamente proiettata al futuro. Le nozze si terranno il 17 settembre 1925, presso la Saint Paul's. La chiesa si trova nel cuore di Little Italy, tra la 16esima e Walnut Street, a cinque minuti da casa. È lì che celebriamo messe, funerali e matrimoni, ma anche ricorrenze e festività. Sarà il reverendo calabrese Louis Marino a officiare il rito.

Mio fratello mi canzona bonariamente: "Era ora che ti sposassi, vecchiaccio! Io ho già moglie e tre figli. Diamine, hai trentadue anni, sarà meglio che ti dia da fare per rendermi zio! Come ben sai, ai matrimoni i confetti si distribuiscono per rammentare agli sposi che la vita di coppia è dolceamara." Poi torna serio: "Sono felice per te, caro fratello. Ci sarò sempre per te e Lucia."

Concluse le festività natalizie, i mesi passano veloci. Lavoro al panificio sessanta ore a settimana circa. Inoltre, di tanto in tanto consegno il carbone a domicilio o svolgo altri lavoretti. In un week end di luglio, due fratelli siciliani soprannominati "Salamone" mi ordinano una consegna a tarda sera. Chiedo quindi informazioni sulla distanza e la natura del trasporto. Mi riferiscono che saranno centocinquanta chilometri in totale; in quanto alla merce, lo scoprirò sul luogo del ritiro. Non vorrei accettare, ma la paga è il doppio rispetto al solito. Esco di casa a mezzanotte e torno all'alba.

Lucia mi sente rientrare, così si alza e mi raggiunge al tavolo della cucina. Nel vedermi, inizia a tremare. "Michele, stai male? Perché sei così pallido? Non riesci neppure a mettere bene a fuoco. Che succede? Come ti senti? Vuoi che chiami un medico?"

Non potrò mai rivelare ad anima viva cos'è accaduto. Nel silenzio della mia mente, posso solo ripromettermi di non prestarmi mai più a simili servizi. Quel che è successo era inevitabile, non avevo altra scelta. "Non ti preoccupare, starò bene. Ho

soltanto bisogno di dormire." L'indomani va un po'
meglio, ma non mi sento affatto bene.

La seconda metà dell'anno trascorre in modo
piuttosto regolare. La vita matrimoniale procede
abbastanza bene. I guadagni del panificio ci consen-
tono di acquistare una casa sulla ventesima strada,
costruita trent'anni or sono. Il quartiere è tranquillo
e i vicini sono gentili, per lo più italiani, ma non solo.
Appena trasferiti, scopriamo che Lucia aspetta un
bambino, che nascerà a novembre. Questa novità è
per noi motivo di grande gioia, rovinata però dalla
notizia che la mia dolce mamma Antonia è venuta a
mancare il 7 ottobre 1926. Sono arrabbiato con il
mondo per questa morte precoce, aveva solo sessan-
tun anni. Voglio credere che non sia vero, ma il vuoto
che percepisco nella mia anima suggerisce il contrario.

Mia sorella Elvira si è sposata e vive a Chicago;
a casa con papà sono rimasti solo i due fratelli più
piccoli. Sembra che il Signore abbia compensato la
dipartita di mia madre con l'arrivo di mio figlio, che
chiameremo Philip.

Nel mese di dicembre faccio il bilancio del-
l'attività, che quest'anno è andata alla grande. Ho
prodotto una quantità di pagnotte cinque volte maggiore rispetto alla scorsa annata. Ho anche assunto
due persone per rispettare i tempi di produzione e
garantire puntualità nelle consegne. Col sopraggiun-
gere dell'inverno, le temperature calano vertiginosa-
mente e lavorare ai forni è piacevole.

Una sera, appena prima di Natale, mentre mi
accingo a chiudere il panificio a fine giornata, quattro
uomini si presentano a bordo di una Chrysler nuova
di zecca. Vogliono parlare d'affari, mi propongono di
ingrandire l'attività. Vedendoli in abiti eleganti e con

quella vettura di lusso, penso si tratti di imprenditori di grande successo. L'auto varrà oltre mille dollari, circa un quintuplo della mia Ford.

Ci sediamo in ufficio e il portavoce del gruppo, il signor Magaddino, mi fa un'offerta. "Signor Di Marco, ammiriamo le sue doti imprenditoriali e il modo in cui ha fatto crescere l'attività negli ultimi anni. Con l'aumento dei costi del gas, la bolletta sarà salata. Vorremmo raddoppiare il suo introito mensile svolgendo noi tutto il lavoro. Non dovrà neppure venire al panificio."

Sconcertato, chiedo subito: "Com'è possibile? So io come si preparano i prodotti e come gestire i dipendenti."

"Beh, Michele, ciò che intendiamo produrre lo conosciamo noi, non lei. Si tratta di alcool. Sa del proibizionismo? La legge vieta a livello nazionale la vendita e l'importazione di bevande alcoliche. Ma il fatto è che tutti le vogliono, c'è un'enorme richiesta. Persino i politici e la polizia chiuderanno un occhio. Sono amici nostri, possiamo produrre e smerciare senza problemi. L'utilizzo del gas per la distillazione passerà inosservato, per un panificio è normale. Le diamo due opzioni: o collabora o ci cede l'attività. Ha una settimana di tempo per decidere."

I quattro vanno via e rimango da solo. Mi sento svuotato. Tutti gli anni di duro lavoro per costruire un'attività di successo e vedersela portar via in un soffio. Ne parlo con Pasquale mentre sua moglie allatta la loro ultimogenita, Ernestine. Per tutelare le nostre famiglie, decidiamo di vendere. Accetterò l'offerta e tornerò alla vita di cantiere.

I tanti stravolgimenti susseguitisi dal momento della cessione mi hanno aperto gli occhi sul lato oscuro di Erie. Ero così assorbito da lavoro e famiglia da non accorgermi che nottetempo, in città, vengono svolte attività clandestine. Il proibizionismo è conseguenza della tendenza religiosa ad associare l'alcol al male. A partire dal 1920, il governo ha proibito la vendita e l'importazione di bevande alcoliche, finendo invece per incrementarne il trasporto, la produzione, il commercio e l'assunzione illegali. Non a caso li chiamano i "ruggenti anni Venti".

Tempo addietro, a Erie, un gran giurì intentò una causa contro molti membri del governo cittadino, sindaco compreso. Vennero convocati oltre un centinaio di testimoni, quasi la metà dei quali appartenenti al dipartimento di polizia. L'inchiesta si chiuse senza condanne, poiché il gran giurì aveva ricompreso delle donne tra gli indagati. Era consuetudine che solo gli uomini potessero prestare servizio, sebbene non ci fosse alcuna legge che impedisse alle donne di accedervi. Per questo cavillo—e senza dubbio anche per la pressione politica—le accuse furono tutte respinte. Le attività illegali non esistono solamente a Erie, ma in tutta l'America.

Il proibizionismo sta alimentando la criminalità organizzata. La mafia italiana sta prosperando grazie alla redditizia attività del contrabbando, mercato nero spesso intriso di violenza. Sono venuto a sapere che Erie è un punto di snodo dei traffici, specie di alcolici da e verso il Canada. Ad oggi, tutte le attività illegali svolte in forma associata si trovano all'apice del successo e non accennano a scemare. Il governo dispone di un servizio di motovedette atte a sventare i "corridori del rum" sul lago. I criminali però sono scaltri: equipaggiano i natanti con motori di aerei per sfuggire agevolmente alle pattuglie.

Cedere il panificio è stata una sventura: ho perso un lavoro stabile e un buon introito mensile. Per fortuna avevo dei risparmi da parte. Sono tornato in cantiere, dove eseguo gli ordini di un caposquadra; è faticoso e la paga è nella media. Il lato positivo è che la settimana lavorativa di quaranta ore mi lascia più tempo libero. Curo l'orto, faccio lavoretti in casa e godo della compagnia di Lucia e di nostro figlio Philip. Disponendo di maggiore libertà dal lavoro, ho potuto studiare per l'esame di cittadinanza, che ho ottenuto nel luglio 1928.

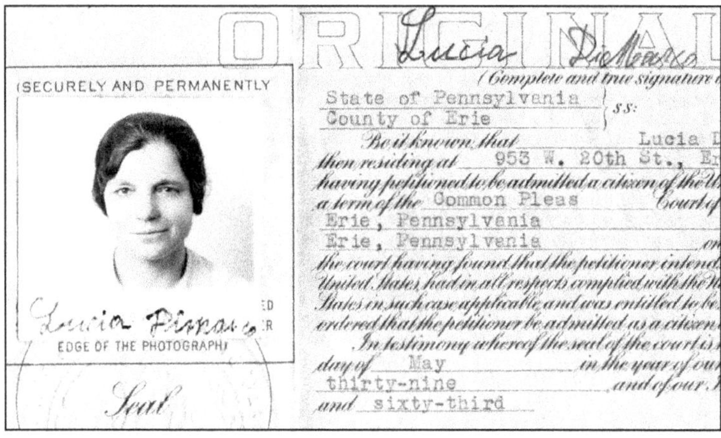

La mia cara Lucia è impegnata da mattina a sera con le faccende domestiche; inoltre, deve prendersi cura del piccolo Philip. Nel gennaio del 1929 nasce Ralph, il nostro secondogenito. Pasquale ora ha quattro figli: Vincent è venuto al mondo poche settimane prima di Ralph. Le nostre quotidianità sono simili, gli ultimi anni li abbiamo vissuti in tranquillità.

A nove mesi dalla nascita di Ralph, l'America e il resto del mondo vengono sconvolti dalla Grande Depressione. Non si assiste unicamente al crollo del mercato azionario, la crisi colpisce qualsiasi settore. È una crisi globale di cui non comprendo appieno i meccanismi, so solo che ho perso 2500 dollari, il costo medio annuale della vita. In più, sono rimasto disoccupato. Il settore edile è stagnante, quindi accetto un impiego come addetto ai servizi presso la Erie Forge and Steel. Ogni anno, per Natale, i bambini sono molto felici di ricevere in dono delle arance; non possiamo permetterci giocattoli. Il mio regalo è stato un'appendicectomia con cinque giorni di ricovero.

Quanto a noi, riusciamo a cavarcela nella nostra modesta abitazione. L'orto ci fornisce frutta e verdura, di cui facciamo conserve per i mesi invernali. Lucia utilizza un fornello a gas che si accende con un aggeggio che produce scintille. Poiché non abbiamo lo scaldabagno, a volte mettiamo a bollire l'acqua sul fuoco per l'igiene personale e le pulizie domestiche. La fornace a carbone rende sopportabili le rigide temperature invernali: se l'acqua si rovescia sul pavimento si forma subito una lastra di ghiaccio. In pieno inverno possiamo vedere gli sbuffi di vapore prodotti dal respiro. Non abbiamo il telefono, come la maggior parte del vicinato.

Lucia lava i vestiti a mano dentro una vasca di metallo galvanizzato, poi li sciacqua in una seconda vasca e infine li strizza con un apposito strumento. Li appende ad asciugare in cortile persino d'inverno. Capita che le amiche più intime passino a darle una mano: fanno il bucato o cucinano assieme, chiacchierando per ammazzare il tempo e rendere il lavoro più piacevole.

La routine familiare procede invariata per tutti gli anni '30. Quando viene al mondo il nostro terzogenito Dino, nell'aprile del 1933, l'America ha appena iniziato a risollevarsi dalla Grande Depressione. Naturalmente, quest'ulteriore nascita rappresenta per noi una gran bella novità. Non riesco a tenere il passo di mio fratello e sua moglie, che hanno avuto altri quattro figli, arrivando a nove. Abbiamo pure una nuova vicina: mia sorella Elvira si è trasferita a un isolato da casa nostra dopo aver perso il primo marito ed essersi risposata con un uomo di Erie.

Nonostante i suoi impegni, Lucia ha provato a studiare per ottenere la cittadinanza con l'aiuto di un'insegnante meravigliosa per cui nutre molta stima. Le sue compagne di classe sono tutte originarie del Sud Italia. Dopo aver superato gli esami, hanno immortalato il successo con una foto di gruppo. Come me, ha dovuto "rinunciare assolutamente e totalmente" alla lealtà verso il Regno d'Italia.

Per me e Lucia, la priorità sono i nostri figli. Ci teniamo che sviluppino una buona morale, e che siano sani e istruiti. Vogliamo che sappiano leggere e scrivere in inglese. Poiché a casa parliamo principalmente italiano, la lingua devono apprenderla a scuola. I ragazzi si aiutano a vicenda quando necessario, ma hanno anche amici loro coetanei. Dormono tutti e tre nello stesso letto; il loro anno scolastico è scandito da una ferrea routine.

I bambini frequentano le elementari alla Columbus School, sulla 16esima, a Little Italy. L'istituto fu costruito nel 1875 per i figli degli immigrati italiani. Può ospitare fino a 418 studenti, distribuiti in otto aule. Non è l'ambiente migliore per imparare l'inglese, giacché la maggior parte degli alunni si esprime in una moltitudine di parlate italiane regionali.

Phil, il primogenito, parla il nostro dialetto più fluentemente rispetto ai fratelli, e ciò lo rallenta nell'apprendimento dell'inglese. Finite le elementari, frequenta ora la Roosevelt Middle School: costruito nel 1922, il grande edificio a due piani in mattoni rossi si trova in Raspberry Street. Ospita studenti di diverse etnie, e vi si parla unicamente inglese. Una nostra amica di Montenero, Anastasia Gasbarro, abita nei pressi dell'istituto e ci ha raccontato di aver visto Philip uscire prima da scuola.

"Ho pensato fosse strano vedere Philip correre a perdifiato verso casa, come era pure strano che il resto dei ragazzini fosse ancora a scuola. L'ho chiamato a voce alta, domandando se andasse tutto bene. Mi ha riferito di aver alzato la mano tre volte per chiedere all'insegnante il permesso di andare in bagno, e che per tre volte lei gli ha detto di abbassarla. Forse sapeva che lui parla solo italiano e che perciò non lo avrebbe capito. Philip ha quindi deciso di rientrare a casa di corsa.

Mentre si allontana in tutta fretta, Philip svela in italiano il motivo della fuga: "Voglio fare la cacca!"

Cari figli di emigrati, com'è dura crescere in America!

Ad oggi, temiamo che i nostri ragazzi possano venire chiamati alle armi. Ho combattuto per sei anni nell'esercito italiano, e ora sono cittadino statunitense. Così, nell'aprile del 1942, sia io che mio fratello Pasquale siamo obbligati ad arruolarci per il servizio militare americano. Chissà se combatteremo contro gli italiani. I miei figli sono ancora troppo piccoli per essere reclutati, ma nessuno può dire cosa accadrà tra un anno o due. Per il momento, le nostre vite proseguono in una piacevole normalità.

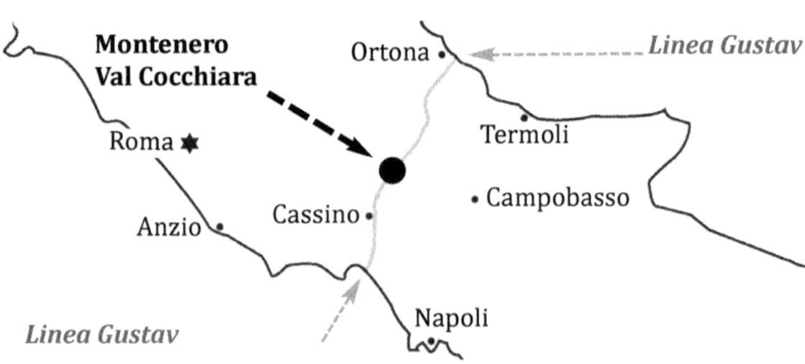
la linea Gustav

Montenero
Val Cocchiara
Roma
Anzio
Cassino
Linea Gustav
Ortona
Termoli
Campobasso
Napoli
Linea Gustav

capitolo 8

In bocca al lupo

Nel 1939, la guerra irrompe nuovamente in Europa. Quella da me combattuta – la Grande Guerra, che avrebbe dovuto mettere fine a ogni conflitto – viene ora chiamata prima guerra mondiale; questa appena esplosa potrebbe rivelarsi ancora più distruttiva della precedente. Sebbene l'evento scatenante sia stato l'invasione della Polonia da parte della Germania, altre potenze europee hanno rapidamente aderito alla dilagante frenesia bellica. Poi sono entrati in scena i Paesi alleati; Germania, Italia e altre nazioni europee hanno alleati in Asia. Per alcuni l'attacco sferrato dal Giappone a Pearl Harbor il 7 dicembre 1941 era prevedibile. Da quel giorno, anche gli Stati Uniti vengono trascinati nel conflitto.

Come faranno i miei parenti e i miei compaesani a superare questa guerra? I miei figli finiranno per essere arruolati e forse inviati in Europa per combattere gli italiani? Qui a Erie, proviamo a reperire notizie come meglio possiamo. È un peccato che il giornale in lingua italiana non venga più distribuito da qualche anno. Ci informiamo quindi tramite conoscenti che riescono a leggere l' *Erie Times-News* e a seguire i notiziari radiofonici. Alcune persone hanno la televisione. Le lettere dall'Italia sono rare e lente ad arrivare.

Nel marzo del 1942 ricevo un telegramma che mi informa della morte di mio padre, venuto a mancare all'età di ottantun anni. È stata una fortuna averlo nella mia vita. Se n'è andato per cause naturali, e ne sono grato.

Finalmente potrà riposare in pace dopo una vita di duro lavoro.

A Montenero la situazione era tranquilla finché mio padre è morto, ma adesso sono in pensiero per i miei fratelli. Alcuni anni fa, Berardino ha prestato servizio militare in Etiopia e poi è tornato a casa. Clemente è stato esonerato dal servizio militare per via di un trauma alla schiena che ha compromesso il suo normale sviluppo. Sono sollevato dal fatto che non appartengano all'esercito italiano. Ci giungono notizie delle recenti sconfitte in Nord Africa e Russia. Nel prossimo futuro anche Montenero potrebbe non essere più al sicuro.

Fin dai primi anni del conflitto, siamo stati ben consapevoli della scia di sangue e distruzione lasciata dai tedeschi durante la loro marcia attraverso l'Europa, in quella che era stata annunciata come una guerra lampo. Si combatte anche sul fronte orientale verso la Russia, nonché nel Pacifico. L'Italia era dapprima alleata della Germania e combatteva contro gli Stati Uniti. Come durante la prima guerra mondiale, l'Italia ha ora cambiato schieramento. I tedeschi non ne sono molto contenti e trattano gli italiani anche peggio degli altri nemici.

Dopo aver marciato attraverso la Sicilia durante l'estate del 1943, le forze alleate sbarcano nella parte meridionale dello Stivale. Composte principalmente da divisioni americane, canadesi e britanniche, si sono fatte strada combattendo verso nord. Hitler traccia una linea difensiva a sud di Roma con lo scopo di mantenere la Città Eterna sotto il controllo tedesco. Si chiama linea Gustav, e Montenero vi si trova proprio in mezzo.

Il 3 novembre 1943 le truppe alleate si trovano faccia a faccia con le forze tedesche sulla linea Gustav. Le divisioni nemiche sono sul posto con armi da fuoco portatili, mitragliatrici, fortini e artiglieria. L'area viene disseminata di mine e filo spinato per ostacolare le cariche. 215.000 soldati sono strategicamente appostati lungo la linea per difendersi dagli alleati in arrivo, quasi il triplo rispetto alle truppe tedesche. Tutto ciò mi ricorda l'esperienza sull'Isonzo.

Quando le truppe tedesche arrivano per la prima volta a Montenero, alcuni soldati occupano le abitazioni più confortevoli. Con il passare dei mesi, la convivenza tra militari e monteneresi si inasprisce, soprattutto dopo che l'Italia si unisce agli Alleati. Ora, le truppe tedesche mantengono l'ordine attraverso atti intimidatori, ed è stato istituito il coprifuoco.

Il miglior punto di avvistamento in paese è il campanile della chiesa. Un mitragliere tedesco che sta lì di vedetta scorge un uomo che procede in direzione del pantano. Il soldato lo ammonisce, ma l'uomo continua a camminare. A questo punto la vedetta apre il fuoco, e l'uomo cade a terra morto. Si trattava di mio cugino, Pietro Iacobozzi. Era anziano e pressoché sordo: l'ammonimento del tedesco non l'aveva proprio sentito.

Un altro parente, Mariano Di Marco, è tra gli schierati per il plotone di esecuzione nei pressi di Porta Nuova, all'inizio dell'omonima via. Lui e Alfredo Tornincasa fuggono per mettersi in salvo. Mariano viene colpito alla schiena e muore, lasciando moglie e quattro figli. Alfredo riporta alcune ferite, ma si riprende. Durante il trambusto, gli altri hanno la fortuna di riuscire a scappare.

Quando un soldato si trova lontano da casa e sa che potrebbe morire da un giorno all'altro, la morale può facilmente vacillare. Gli abitanti dei villaggi subiscono abusi così terribili da non poter essere descritti. I tedeschi tagliano il seno alle donne con le baionette; spesso le stuprano. A Montenero, la gente si nasconde in casa, tremando dal terrore quando i soldati tedeschi si fermano sulla loro soglia a fumare. Pregano che i militari vadano via appena finita la sigaretta. Alcuni soldati si avvicinano a una giovane donna, e la madre interviene per proteggerla. Entrambe vengono uccise per aver opposto resistenza.

Dopo aver vissuto sotto dittatura e assistito a ogni genere di crimine, molti monteneresi lasciano il villaggio in cerca di sicurezza. Quando il primo ministro e leader fascista Mussolini viene arrestato, i militari italiani non sanno più quale parte politica sostenere. Il loro destino è in bilico. Amelio Procario, soldato montenerese di stanza a Roma, pensa a una via d'uscita: si traveste da donna e, con la borsa sotto braccio, parte per la Grecia.

Nei pressi del pantano di Montenero c'è una grotta dove molti si rifugiano per sfuggire ai soldati tedeschi. Di notte, gli abitanti del villaggio tornano di nascosto nelle loro case per recuperare il cibo dai nascondigli. In tali circostanze, non sorprende che una giovane donna abbia abortito mentre si trovava nella caverna. Protetti dall'oscurità della notte per non essere fucilati, il coraggioso marito e il suo amico portano il corpicino avvolto in fasce della bambina alla chiesa del cimitero, per lasciarlo sull'altare. È il massimo che possano fare.

Prima di ritirarsi da Montenero, i tedeschi rastrellano più abitanti possibile per trasferirli nei campi di prigionia, come quello di Pescocostanzo. Mentre Aristide Di Marco si trova sul camion dei deportati, nota un fitto cespuglio sul ciglio della strada e salta giù dal mezzo. Il perfetto tempismo fa sì che nessuno si accorga della fuga; l'uomo sopravvive e può raccontare l'accaduto. Durante la cattura, Aristide invoca la Madonna, promettendo che se mai riuscirà a fuggire chiamerà un'eventuale figlia Maria.

Pasquale Pede manda il giovane figlio Clemente nella stalla al pantano per salvare il loro cavallo. Il ragazzino scappa via e resta per tre giorni nel rifugio, solo e terrorizzato, aspettando di essere raggiunto dagli altri. Quando finalmente arrivano, tutti si fermano a osservare il villaggio in lontananza: è avvolto dalle fiamme, i militari hanno fatto terra bruciata.

Il villaggio nasconde pericoli anche dopo la ritirata dei tedeschi. Un giorno, un'esplosione rompe improvvisamente la relativa calma. Mia cognata Ernesta Caserta, udito lo scoppio, corre alla finestra aperta urlando, come se istintivamente sapesse che suo figlio Antonio è rimasto vittima della conflagrazione. Il bambino, assieme ad altri quattro amichetti, aveva trovato una granata, poi lanciata per gioco in piazza Gigliotti. Lo stesso è accaduto ad altri ragazzi di via Roma.

Mentre i bambini giocano a calcio, notano un uomo del posto avvicinarsi con in mano una granata che ha appena trovato. La palla viene calciata, e il giovane Ludovico Di Fiore corre lontano per recuperarla. Mentre la raccoglie, sente un'esplosione che uccide i suoi amici, tra cui suo cugino Guerino Tornincasa. Quei ragazzi perdono la vita nel fiore della loro giovinezza.

Un bambino di sette anni trova una granata nel cortile vicino casa. Si tratta di mio nipote, il piccolo Ernesto Caserta. La granata gli esplode in mano, spappolando alcune dita. Gli Alleati lo portano a Rionero, dove viene curato in un'unità medica americana. Per prevenire eventuali complicazioni, i medici decidono di amputargli la mano. Viene dimesso pochi mesi dopo. Non potrà mai svolgere gran parte dei lavori tipici della vita di paese.

I montaneresi che si trovano sulla linea Gustav, siano essi bambini o anziani, riportano tutti cicatrici sia fisiche sia mentali. Gli episodi appena descritti sono solo una minima parte delle difficoltà che gli abitanti del villaggio devono affrontare in questo periodo. I sopravvissuti tengono duro, chi più chi meno. Le immagini e i ricordi

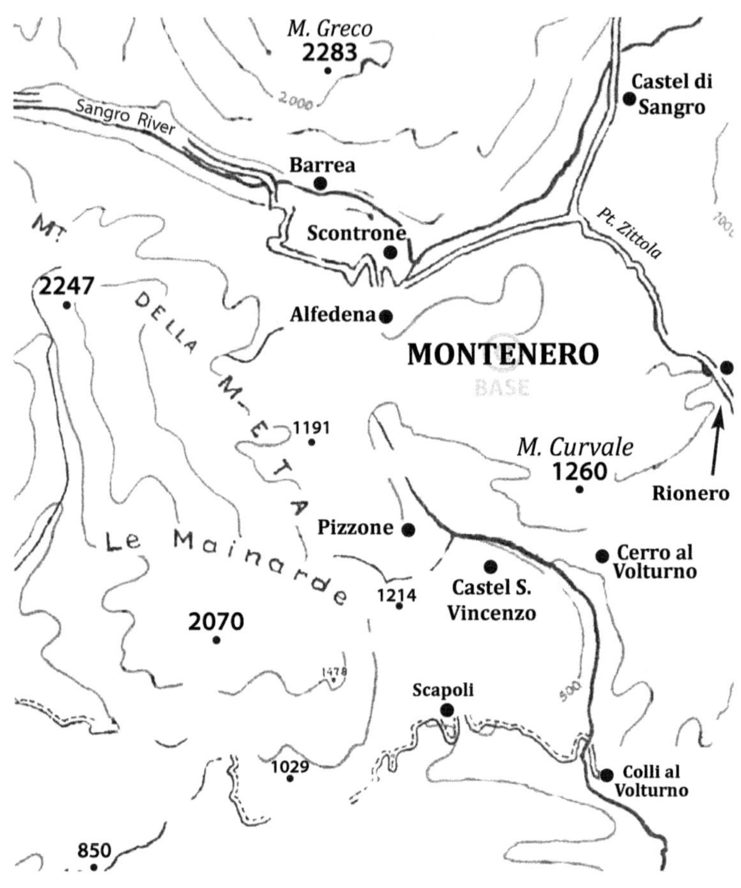

degli orrori della guerra sono spesso opprimenti e possono schiacciare l'animo umano. L'esperienza può anche servire a ispirare gli altri a vivere la propria vita perseguendo uno scopo.

Sono in contatto con alcuni monteneresi che mi tengono aggiornato sulla situazione al paese. Ho raccolto diversi resoconti, tutti molto tristi, di quanto accaduto. Tramite lettere, telegrammi e telefonate conosciamo le sorti di alcuni compaesani. Il non avere notizie arreca altrettanto dolore. Non so se i miei fratelli e gli altri parenti

Adattato da una mappa topologica militare polacca. L'originale mostra le posizioni delle divisioni alleate e tedesche. Per gentile concessione di Miroslaw Kucharski.

Distanza da Montenero:
- Barea — 20.0 km
- Castel di Sangro — 9.5 km
- Forli del Sannio — 12.9 km
- Isernia — 33.0 km
- Scontrone — 21.0 km

---

stiano bene oppure no. Sono stati uccisi? Si trovano nei campi di prigionia? Difficile a dirsi.

È possibile seguire i movimenti delle truppe tramite i notiziari militari. Naturalmente, gli aggiornamenti riguardano tutti i fronti, ma agli italiani di Erie preme sapere degli sviluppi in patria. Non sappiamo con esattezza come sia la vita al villaggio da quando vi si sono insediate le truppe tedesche. Come e quando cambierà la situazione? I rapporti militari si intrecciano con le vicende personali. Tenermi aggiornato sui progressi degli Alleati man mano che si avvicinano alla linea Gustav è diventata quasi un'ossessione.

Voglio sapere degli eserciti americano e britannico: si trovano in prossimità del villaggio, su un'altura a sud del fiume Sangro che copre la strada verso il paese. Si stanno preparando a scacciare il nemico con forze aggiuntive in arrivo. Ogni giorno, sempre più villaggi vicino a Montenero finiscono sotto il controllo degli Alleati. Il 4 novembre un'unità di fanteria britannica entra a Isernia. Cinque giorni dopo viene presa Forlì del Sannio. Gli inglesi avanzano verso Alfedena e Castel di Sangro. Pesantemente difesa, Alfedena è un punto strategico lungo la Strada Statale 83, e il percorso attraverso Montenero è l'unica via verso la linea interna delle difese tedesche.

È prassi che i tedeschi distruggano tutto prima della ritirata, specie ciò che potrebbe essere utile agli Alleati. Questa strategia della terra bruciata non risparmia neppure gli edifici, che in alcuni casi vengono rasi al suolo per punire il cambio di schieramento dell'Italia. Gli abitanti leggono gli avvisi di evacuazione e si allontanano, sapendo che le loro case verranno distrutte nel giorno indicato. I tedeschi stanno sequestrando tutte le scorte di cibo e anche il bestiame.

Per Montenero il 6 novembre è un giorno terrificante. I tedeschi hanno annunciato la distruzione del villaggio, bisogna evacuare. Alcuni fuggono in altri paesi o nelle campagne circostanti. I bombardamenti non risparmiano quasi nessuna abitazione. Anche i gioielli dell'architettura montenerina vengono distrutti o danneggiati. Numerosi villaggi stanno subendo la stessa sorte. Ho sentito dire che di casa dei miei rimangono appena due muri.

Mentre Montenero viene bombardata, gli inglesi pianificano un grande attacco lungo la costa orientale, verso Ortona. Nella speranza di distrarre i tedeschi e di assottigliare le loro difese in quella zona, progettano di simulare un grosso attacco nei pressi di Montenero. Il 22 novembre il nemico sceglie di ritirarsi, e le truppe alleate entrano a Montenero, stabilendovi il quartier generale! Lo stesso giorno, l'esercito britannico avvia un'offensiva sul fiume Sangro. Raggiungono Alfedena, undici chilometri a nord di Montenero, e scoprono che le truppe tedesche si erano già ritirate.

Con l'arrivo dell'inverno, Montenero risente sia delle

fredde temperature sia dell'avanzata lungo la linea delle truppe, che stanno per accerchiare il villaggio. La maggior parte dei soldati giunge a piedi, accompagnata da somari carichi di rifornimenti. L'esercito britannico comprende scozzesi, irlandesi, inglesi; belgi e polacchi sono addetti alla ricognizione.

A fine novembre i bombardamenti nemici aumentano di intensità. La linea ferroviaria che da Rionero porta a Montenero, su cui transitano gli asini per il trasporto dei rifornimenti, è soggetta a problematiche e ritardi. Tuttavia, i soccorsi vengono completati il 27 novembre. Le perdite totali del battaglione in questa operazione ammontano a quattro morti, venticinque feriti e undici dispersi.

I tedeschi bombardano i punti strategici dentro e intorno a Montenero; le truppe britanniche colpiscono gli obiettivi con colpi di artiglieria e mortai pesanti. Qualcuno muore, qualcun altro viene catturato. Il 2 dicembre la presenza alleata a Montenero viene rafforzata con l'arrivo di quattro ufficiali sudafricani; due giorni dopo si aggiungono alla squadra un altro ufficiale e ottantasei soldati.

Nei primi di dicembre la Divisione canadese si sposta da Rionero per incontrare le truppe britanniche a Castel di Sangro. Presto altre truppe arriveranno nella zona per offrire supporto. Sotto l'esercito britannico c'è un'unità speciale di commando costituita da otto truppe, i cui soldati sono principalmente stranieri. Tre delle unità sono posizionate nella zona di Montenero, compresi i commando in esilio dal Belgio e dalla Polonia. Queste due truppe sono supportate da un gruppo noto come "X Troop", composto in gran parte da ebrei tedeschi e austriaci.

La missione principale delle truppe polacche è pattugliare l'area e attaccare o bloccare il nemico, ove possibile. Allo stesso modo, un altro gruppo polacco effettua ricognizioni lungo circa quaranta chilometri della linea

Gustav, principalmente sull'altura strategica di Montenero.

Riescono ad attaccare la stazione ferroviaria di Alfedena e indeboliscono le difese tedesche nella zona a sud di Pizzone. La Divisione Fucilieri Carpazi mantiene la propria posizione e garantisce sicurezza sulle strade che collegano Alfedena, Castel San Vincenzo e Rionero, compreso l'incrocio presso il fiume Zittola. È importante che le strade rimangano aperte per il trasporto dei rifornimenti. I soldati pattugliano Montenero in auto blindate e salgono sulle vicine colline verso Alfedena in missioni di ricognizione. Il nemico è vicino. In più occasioni, le truppe tedesche si insinuano a Montenero, ma vengono respinte dal contingente polacco.

Le truppe non dimenticheranno mai il Natale festeggiato a Montenero. I soldati si sono divisi in turni per non venire meno al loro dovere, celebrando alcuni il 25 e altri il 27. Hanno organizzato un meraviglioso banchetto con tacchino, maiale, budino, arance, mandarini, fichi e noci. Le pietanze vengono annaffiate con birra, vino e whisky. Un pezzo di cioccolata e una sigaretta completano il pasto. Il nemico poteva sentire Silent Night venire intonata in lontananza.

Per aiutare i commando belgi a mimetizzarsi nel terreno innevato, il parroco di Montenero fornisce loro delle tuniche bianche. A metà febbraio si effettua la ricognizione tra Montenero e Alfedena. Un'imboscata distrugge le difese tedesche, con conseguenti vittime.

Le truppe belghe e polacche accolgono i London Irish Rifles, che arrivano a Montenero a fine dicembre. In una fitta bufera di neve, incontrano una pattuglia tedesca e aprono il fuoco, ma la visibilità è così scarsa da rendere impossibile la valutazione dei danni. Di notte la neve si accumula, raggiungendo i trenta centimetri.

Il 30 dicembre i London Irish Rifles, insieme alla

truppa belga, attaccano i tedeschi attorno a Montenero. Scontri di questo genere si verificavano regolarmente. Fortunatamente, la sicurezza intorno a Montenero viene rafforzata quando i London Irish Rifles, composti da cinquecento uomini, prendono il controllo del quartier generale il 31 dicembre. Le truppe sono organizzate in compagnie, più un battaglione sia dentro che intorno al villaggio. Sulle colline circostanti vi sono appostati trecento soldati; circa duecento restano in paese. I miei fratelli dormono in una stalla, poiché i militari hanno occupato molte case della zona.

Col nuovo anno si assiste all'avvio di ulteriori operazioni. I belgi collaborano coi polacchi nelle ricognizioni e nella lotta al nemico. Questo gruppo di commando è composto da oltre cento uomini. Uno degli ufficiali facenti parte dell'unità è il tenente Albert Deton, ucciso il 3 gennaio 1944 mentre guidava una pattuglia notturna su una collina vicino a Montenero.

Nei primi mesi del 1944 si verificano numerosi scontri tra tedeschi e alleati lungo la linea Gustav nel settore di Montenero. All'alba del 19 gennaio, nei boschi innevati nei pressi di Alfedena, prendono posizione due plotoni. Vengono colpiti da venti granate, una delle quali colpisce direttamente il quartier generale. L'unico a rimanere illeso è il comandante. Le truppe saltano nelle trincee per proteggersi. I membri del primo plotone, composto da tredici uomini, vengono uccisi o catturati; cinque uomini appartenenti al secondo plotone scappano.

Vengono chiamate altre truppe, che contrattaccano con il supporto dell'artiglieria britannica, costringendo il nemico a ritirarsi verso Barrea. I tedeschi fanno alcuni prigionieri, poi salvati a seguito di una sparatoria. In totale, le truppe alleate subiscono sei morti e quattordici feriti; in diciannove vengono catturati. Il bilancio per i tedeschi è invece di sei morti, un ferito e un prigioniero; gli altri si sono ritirati riportando probabilmente delle ferite.

In un paio di occasioni, i tedeschi rientrano a Montenero, come il 7 marzo, venendo però respinti. Tra il 19 marzo e il 20 aprile perdono Montenero e Alfedena, che passano alle potenze alleate. Le forze alleate stanno ora spingendo i tedeschi oltre Cassino e Roma. Ogni sforzo viene convogliato per far retrocedere i nazisti verso nord.

Considerato quanto successo in Italia, ai miei figli in America è andata meglio. Due di loro hanno raggiunto la maggiore età e prestato servizio nella ripresa postbellica in diverse parti del mondo. Al compimento dei diciotto anni, Filippo si arruola in marina. Durante i suoi due anni nell'esercito, vede la devastazione del dopoguerra a Okinawa. Si occupa dei rifornimenti, lasciando a volte che i bambini del posto "rubino" il cibo dal centro di stoccaggio statunitense.

Ralph si arruola invece nell'esercito, prestando servizio dal settembre 1950 al 1952. Bravo con l'elettronica, insegna ad altri come utilizzare radio e centralini mentre è di stanza in Germania. Prima di entrare in servizio, Ralph ha installato il nostro primo serbatoio per l'acqua calda e un telefono; ha anche comprato per noi un televisore in bianco e nero. Subito dopo l'installazione dell'apparecchio telefonico abbiamo ricevuto una chiamata interurbana. Non ero in casa, ma Ralph mi ha riferito che si trattava di una signora di Salonicco. La donna ha riagganciato senza lasciare un numero a cui ricontattarla. Non può essere che lei. Sebbene siano passati trentacinque anni, Evangelina mi pensa ancora.

Il nostro ultimogenito, Dino, si è iscritto al Gannon College. Ha moltissimi interessi e gli piace leggere.

Dopo la seconda guerra mondiale, la pace ritorna un po' ovunque, anche a Erie. Ho lavorato presso la Erie Forge and Steel Company per oltre dieci anni. Durante la prima guerra mondiale producevano pezzi fucinati per armi e aste di cacciatorpediniere per la Marina. Dopo i miei sette anni alla Keiser Aluminium, vado finalmente in pensione. Siamo nel 1959, è il mio trentottesimo anno in America. È un momento sereno in cui posso rilassarmi e gioire per la mia famiglia, che si appresta a vivere in un mondo nettamente migliore rispetto al vecchio villaggio in cui sono nato.

capitolo 9

Sangue del mio sangue

La guerra ha lasciato l'Italia in rovina. Per la ripresa potrebbero volerci decenni. La compassione e generosità americane si manifestano in tutta la loro grandiosità quando il presidente Truman stabilisce un piano economico in favore dei Paesi dell'Europa occidentale. Conosciuto come Piano Marshall, fornisce aiuti per miliardi di dollari. Pasquale e io cerchiamo, nel nostro piccolo, di sostenere i due fratelli rimasti a Montenero. Grazie a Dio sono sopravvissuti al conflitto. Tuttavia, le loro condizioni di vita rimangono terribili.

Subito dopo la guerra, Pasquale ha acquistato una casa in Brown Avenue per la sua numerosa famiglia. È a dieci minuti a piedi da casa mia. Tre o quattro volte all'anno facciamo una cernita della roba da inviare ai fratelli di Montenero, come scarpe, vestiti e tessuti di qualità. Berardino, sua moglie Diana e il figlio di dieci anni Carmine potrebbero riutilizzare indumenti e qualche suppellettile per la casa. Lo stesso vale per Clemente, ma da quando ha aperto la sua sartoria gli mandiamo pure stoffe e abiti che può adattare ai propri clienti.

Un giorno mi reco da mio fratello. "Pasquale, ho dei vestiti che ai miei figli non stanno più. Puoi aggiungerli alla roba del pacco da spedire."

"Va bene, Michele. Ho anch'io delle cose da mandare. Queste belle scarpe in pelle e questo maglione di lana li ho trovati poggiati in fondo alle scale. Deve averli lasciati mia figlia Alice per la moglie di Berardino."

Cuciamo assieme due grandi sacchi di tela e alleghiamo l'indirizzo del destinatario. Le poste centrali di Erie non distano molto, organizzare la spedizione risulta facile. Potrebbero volerci due o tre mesi prima che il collo arrivi a Montenero.

Rientrati a casa di Pasquale, ci sediamo davanti a un caffè. Mia nipote Alice chiede: "Ehi, papà, hai per caso visto le scarpe e il maglione che ho comprato stamane al Boston Store? Li avevo lasciati in fondo alle scale."

Pasquale e io ci guardiamo. Sappiamo bene che fine hanno fatto. Mio fratello si scusa: "Perdonami, Alice. Li ho mandati in Italia per sbaglio. Te ne comprerò di nuovi." La ragazza alza le spalle. È abituata a simili imprevisti in quella casa così caotica e piena di gente. "Va bene, papà," risponde con un'espressione forzatamente severa, provando a contrattare, "facciamo due paia di scarpe e un maglione."

Conservo tutta la corrispondenza che mi arriva da Montenero, tra cui qualche cartolina raffigurante il villaggio. Alcune sono colorate a mano. Ho pure una foto di Berardino in uniforme militare, scattata mentre prestava servizio nella seconda guerra d'Etiopia. Clemente ci scrive più spesso di tutti. Dei due fratelli in Argentina, Carmine e Filippo, non abbiamo più avuto notizie. Abbiamo provato a contattarli in svariati modi, persino tramite la Croce Rossa, ma invano.

Negli ultimi anni il parroco di Montenero, don Pasquale Di Filippo, si è recato negli Stati Uniti, in Canada e in Francia per far visita ai compaesani emigrati all'estero. Partecipa alle messe e benedice tutti noi. Ci aggiorna con dettagli riguardanti il villaggio, la parrocchia e la quotidianità degli abitanti. Adesso, quasi ogni casa è provvista di impianto elettrico e idraulico! Come previsto, don Pasquale accenna anche alle donazioni, a cui aderiamo volentieri per buone cause, e distribuisce immaginette raffiguranti San

Clemente.

Ho sentito dire che dal 1974 a Montenero si tiene il Rodeo Pentro. Si tratta di un'annuale esibizione equestre per cavalli Pentro e di altre razze. Le maestose bestie galoppano a tutta velocità attraverso il pantano, mentre i cowboy locali fanno del loro meglio per saltare in groppa e cavalcare, venendo solitamente disarcionati. Ci sono poi bancarelle con bevande, panini con salsiccia e altro ancora. Vi partecipano turisti sia italiani che stranieri. Chi da Erie ha assistito allo spettacolo durante i mesi estivi riferisce di un grande intrattenimento, che porta al villaggio sia fama che qualche entrata extra.

I nostri pensieri sono costantemente rivolti ai nostri fratelli in Italia, tuttavia qui a Erie abbiamo un bel da fare. Il fratello di mia moglie, Oreste, è appena immigrato con la sua famiglia. Li abbiamo un po' aiutati, ma se la cavano bene anche da soli. Hanno comprato casa sulla 20esima, a circa dieci minuti a piedi da noi. Sua moglie Elia e i suoi cinque figli si sono tutti ambientati bene. Il loro primogenito, Ernesto, è quello che ha perso la mano durante la guerra. Non può utilizzare la pala o il piccone, ma eccelle in ambito accademico! Si è diplomato al Gannon College di Erie e presto partirà per un master alla Tulane University.

La casa di Oreste a Montenero è rimasta danneggiata dal sisma del 1984. Anche il grande edificio Mannarelli, un tempo adibito a ospedale, ha riportato gravi danni, soprattutto al famoso arco. Molte persone si sono adattate in roulotte parcheggiate intorno al villaggio, in attesa che le loro abitazioni venissero ristrutturate e messe in sicurezza. L'aspetto positivo è l'assenza di vittime, al contrario di quanto accaduto nel terremoto del 1879, quando persero la vita sedici abitanti. La calamità si verificò durante la transumanza annuale delle greggi nei pascoli del foggiano per il periodo invernale. I sedici pastori morirono per il crollo della locanda in cui alloggiavano.

Il clan Di Marco-Caserta a Erie conta ora numerosi membri, e continua ad accrescersi rapidamente. Pasquale ha nove figli e io tre; poi ci sono i fratelli di Lucia, che hanno in totale undici figli. Non sono più dei bambini, la maggior parte è ormai sposata con prole.

Nel 1949 mio figlio Ralph ha sposato Janet Balchunas, i cui nonni hanno origini lituane e slovacche. Dopo essere stato congedato con onore, è andato a lavorare presso un'azienda di stampaggio di materie plastiche, e recentemente è diventato il direttore delle vendite e del marketing. Alla nascita della piccola Sandy, nel 1950, gli è stato concesso il congedo parentale. Tre anni più tardi, lui e Janet hanno un figlio, a cui hanno dato il nome del nonno!

Il secondo a sposarsi dei miei figli è Philip. La famiglia della sua consorte, Carol Weber, proviene dalla Germania. Philip ha un lavoro stabile alla Erie Forge and Steel, e il suo bambino si chiama come lui.

Dopo alcuni anni al Gannon College, Dino è convolato a nozze con Mary Ellen Donikowski e hanno un figlio di nome Daniel. I genitori di lei sono di origine polacca. Dino lavorava nel settore della ristorazione, ma alla fine è passato alla Soldiers and Sailers Home in qualità di agente di acquisto. I figli di Filippo e Dino sono nati entrambi nel 1964.

Immagino che i miei tre figli abbiano imparato l'inglese abbastanza bene da sposare ragazze di origine non italiana! Il mix di culture italiana, polacca, tedesca e slava è il nostro contributo al melting pot americano. Sono molto orgoglioso dei loro successi, sia lavorativi che personali. Quando ci ritroviamo tutti insieme non c'è mai un momento di noia. Quasi ogni domenica ci riuniamo a casa nostra per pranzo. Durante le festività più importanti si aggregano a noi anche i parenti meno prossimi.

La cucina di Lucia è attrezzata con i comuni elettrodomestici moderni. A una delle pareti è appesa una ceramica dipinta a mano su cui si legge una preghiera in italiano. Mia moglie adopera solo una marca di olio d'oliva importato dall'Italia, un ingrediente speciale per le papille gustative che nessun altro prodotto riesce a eguagliare. Il formaggio in spicchi viene sempre grattugiato a mano. I chicchi di caffè prendono vita e il loro aroma riempie l'aria, invitando all'assaggio e alla conversazione.

Che vengano preparate sul gas, al forno o alla griglia, le pietanze di Lucia sono ricche di sapori che mi ricordano la cucina di mia madre. Per noi il buon cibo rappresenta una priorità. La spesa la facciamo al Brown Avenue Food Market, gestito da proprietari originari di Rocca Pia, non lontano da Montenero.

Riceviamo visite quasi ogni giorno. Varcata la soglia, i nostri ospiti sanno già che offriremo come minimo caffè e biscotti. Sulla superficie smaltata in bianco e nero del tavolo della cucina è possibile ammirare un motivo con foglie di vite e grappoli. È attorno a quel tavolo che condividiamo cibo e bevande, ma, cosa più importante, amiamo chiacchierare. La cucina — che per l'uomo paleolitico era il fuoco e poi è diventata il tradizionale focolare — è il nostro luogo sacro, in cui esterniamo pensieri e sentimenti. Quando invece siamo in tanti ci spostiamo in sala da pranzo o in soggiorno, che in alcune occasioni raggiungono la capienza massima.

Per Natale, mia nipote Sandy riceve un regalo che accende la sua creatività. Dopo averlo scartato, ha lavorato senza sosta per terminare il coloratissimo dipinto a olio: rappresenta delle rose, che vengono alla luce semplicemente seguendo lo schema numerico. Sulla piccola tela, i pigmenti freschi brillano di tonalità smaglianti di rosa, rosso e bianco. Dopo cena il soggiorno si riempie di parenti, e Sandy trova il momento giusto per mostrare il suo capolavoro. Elogiata educatamente l'opera, la bambina la lascia su uno sgabellino, e tutti presto se ne dimenticano. Mentre il gruppo torna alle chiacchiere tra adulti, mi siedo per unirmi alla conversazione, poi mi alzo per prendere da bere. Nel dirigermi in cucina, tutti notano quanto siano realistici i vivaci fiori di Sandy: la vernice fresca si è trasferita sul retro dei miei eleganti pantaloni nuovi. Provo un po' di imbarazzo, ma è un piccolo prezzo da pagare per avere dei nipoti così dolci e adorabili.

Dopo il matrimonio di Ralph, abbiamo trasformato casa in una bifamiliare. Lui, Janet, Sandy e Michael vivono al secondo piano. I bambini giocano nell'ampio giardino con i loro amici. Inizialmente, in quello spazio esterno c'era un orto con tanti ortaggi e alcune erbe aromatiche; davanti alla finestra della cucina c'era persino un pesco. Adesso, il giardino è stato riconvertito per metà in prato per l'area giochi.

Quando anche Philip si sposa, Ralph compra casa sulla 24esima, in modo che i novelli coniugi possano trasferirsi nell'accogliente appartamento al secondo piano. Qualche tempo dopo, pure Philip acquista casa, ma sulla 25esima, lasciando l'appartamento a mio nipote, Vincent Caserta, e a sua moglie Carmela. Sicuramente, la prossima coppia di sposini prenderà il posto di Vincent.

Nel quartiere incontriamo spesso altri monteneresi: nel suo alimentari Aquilino Orlando vende i nostri cibi preferiti, Richard Donatucci fornisce prodotti alle imprese locali, mentre sua sorella Rose gestisce numerosi ristoranti rinomati per la cucina casereccia; Antonio e Arturo Di Filippo ci allietano con la loro nostalgica musica italiana, Elmer Yacobozzi dà lezioni di chitarra, Nello Fiorenzo vende e consegna candeggina a domicilio, i fratelli Narducci si prendono cura della nostra salute dentale e generale, i fratelli Ziroli costruiscono e manutengono le nostre case, l'agente Rocco Orlando trova e vende immobili; infine, l'impresa funebre di John Orlando provvede alle esequie quando qualcuno della comunità passa a miglior vita.

La nostra famiglia può quasi fare a meno dei negozi di alimentari. Molti prodotti, infatti, provengono dal mio orto: fagiolini, lattuga, finocchi, zucchine, pomodori, cipolle, aglio, carote, prezzemolo... A volte preparo un grande sacchetto pieno di ortaggi e lo porto a Pasquale, cosicché possa servirsene assieme alla sua numerosa famiglia di undici persone. Poi torno a casa e riempio altre buste per i miei figli. La produzione è talmente abbondante da permettermi di vendere qualcosa al mercato di Brown Avenue. Al negozio non si capacitano di come riesca a far venire su un aglio così aromatico e insolitamente grande. Non sanno che annodando le cime verdi durante la crescita i bulbi assorbono più energia.

Sebbene sia in pensione, con Lucia mi alzo comunque alla buonora per dare una mano alla famiglia. Mia moglie pulisce e cucina ogni giorno per me, i figli e i nipoti. Gran parte del mio tempo, invece, lo impiego nella cura del giardino, soprattutto se è periodo di diserbare. Noi ci accontentiamo di poco, amiamo aiutare gli altri. Riciclo qualunque tipo di materiale — pezzi di legno, cavi, tubi — per non sprecare nulla che potrebbe rivelarsi utile in seguito. Lucia conserva fili da cucito ed elastici; non butta via nemmeno le chiavette delle lattine di caffè, pur sapendo che ogni nuova confezione ne contiene una.

Ogni soldo risparmiato è un soldo guadagnato, dice il proverbio. Lucia mette da parte i centesimi e tutte le mattine ne lascia uno sul davanzale della finestra, così Sandy può prenderlo prima di andare a scuola. Nostra nipote può quindi comprare le caramelle di nascosto dalla madre. Per queste premure, Sandy sta diventando paffutella.

Mi torna alla mente un episodio accaduto di recente. Vado in tintoria a ritirare degli abiti di Lucia. Tornato a casa, li poggio sul letto: sono puliti e stirati, sembrano nuovi di zecca. Abbiamo in programma di andare da Dino per la prima comunione del figlio, e Lucia vorrebbe indossare proprio uno di quei capi. Prova il primo, che però le va stretto. Prova il secondo e poi il terzo, ma risultano anch'essi troppo aderenti. La conclusione di mia moglie è che alla lavanderia le hanno ristretto tutti i vestiti. Peccato che anche il diametro della cintura sia aumentato . . .

Lucia ha ricevuto molte visite nel giorno del suo sessantacinquesimo compleanno. Qualcuno ha pensato di donarle dei bellissimi fiori, ma la sua risposta fin troppo schietta è stata: "Che regalo è? Mica si mangiano". A casa nostra, da buoni italiani, diamo molta importanza al cibo di qualità; l'unica cosa che riesce a superarlo è la famiglia. Senza dubbio, il forte attaccamento di Lucia al cibo risale a quando al villaggio persino un tozzo di pane aveva un valore inestimabile. Noi, persone di altri tempi, siamo molto pratici.

Dacché ha iniziato le superiori, Sandy trascorre l'intera giornata fuori casa, compreso il pranzo. Nostro nipote Mike frequenta ora la terza media. Poiché Ralph e Janet lavorano entrambi, è Lucia a provvedere per lui tutti i giorni. Casa dista quindici minuti dall'istituto, che si trova sulla 25esima. Dopo che la nonna lo riempie fino a scoppiare, per il ragazzino tornare a piedi a scuola è una vera e propria sfida: allentare la cintura non basta. Mike si è quindi fatto furbo: ha iniziato a dire a mia moglie che non vuole niente perché ha appena mangiato. Lei, però, lo serve comunque ma in quantità ridotte. Grazie a questo espediente, Mike può mangiare meno senza ferire i sentimenti della nonna. Talvolta anche Ralph è dei nostri in pausa pranzo. Ogni tanto arrivano anche i loro amici, e sanno che mangeranno bene. Mentre lava i piatti, Lucia programma già il pasto per il giorno dopo.

Lucia significa "luce". Mia moglie è la luce, il faro che rischiara la mia esistenza. È sempre premurosa, pensa più ai ragazzi e a me che non a sé stessa. È lei che dà un senso alla mia vita. Mi ha donato dei figli, riempie la casa d'amore. A fine giornata, condividiamo i nostri sentimenti più profondi tenendoci stretti. Scherziamo di frequente sul fatto che dovremmo coprire la statua di sant'Antonio, che si trova sopra il letto.

Tra me e Lucia l'empatia non manca mai. Spesso ironizziamo su quel che accade, rimanendo positivi, e lo manifestiamo in modi semplici.

Mike e io stiamo mangiando la zuppa al tavolo della cucina. Mentre Lucia è ai fornelli, chiedo: "Allora, ragazzo, ti piace?"

"È deliziosa! La adoro, nonno!"

"Ne sono contento." Poi proseguo, alzando il tono per farmi sentire da mia moglie: "L'ho fatta io."

Lucia si volta per lanciarmi un'occhiataccia. Io sorrido e a lei brillano gli occhi. Scherzare è un modo per complimentarmi per la sua cucina e farle sapere che amo la sua presenza. Sono un uomo fortunato, e non solo per la zuppa.

Lucia esce di rado, tranne che per partecipare a compleanni, feste, matrimoni e funerali. Quando lasciò l'Italia, a Montenero non c'erano auto. A volte cavalcava un asino. Una volta, mio figlio Ralph venne a prenderci con la sua Chevy del '57 per portarci a un matrimonio. Aprì la portiera sul lato passeggero posteriore per far salire la madre, che anziché prendere posto sul sedile iniziò a camminarvi sopra, accomodandosi poi sullo schienale. Mia nuora rimase a bocca aperta. Per Lucia, alta meno di un metro e cinquanta, quello era il modo più logico per viaggiare in macchina.

Quando le amiche di Lucia vengono a trovarla è una vera gioia. Quasi ogni giorno c'è qualcuno che bussa alla porta. Ci fanno visita i parenti, i simpatici monteneresi e tanta altra gente. La presenza di Maria Jordano porta sempre allegria. Poiché è appassionata di operetta napoletana, di solito canta Luuu chiii ahhh ancor prima di bussare alla porta laterale. Il suo chiacchierare animato è esaltato dal tono di voce e condito da colorite parolacce in italiano, che speriamo rimangano incomprensibili ai nostri nipoti.

Mary Colona è un'altra visitatrice abituale. È una donna dolce e timida, sempre gentile, e tiene Lucia di buonumore. Condividono alcuni legami a Montenero e possono parlare della vecchia vita in Italia, nonché delle difficoltà di adattamento in America. Dato che non escono molto per fare acquisti o socializzare, si esprimono in un gergo unico che è un misto di italiano e inglese.

Casa di Maria dista dalla nostra circa una ventina di minuti a piedi, ma per chi ha tra i settanta e gli ottant'anni la durata del tragitto raddoppia. Dopo il pensionamento ho venduto la macchina e da allora non ho più guidato. Posso andare quasi ovunque a piedi. Se necessario, Lucia chiede a Mike di dare un passaggio a Mary o ad altri ospiti. Per ringraziare della cortesia, Mary invita spesso il ragazzo a mangiare qualcosa, come un panino o un piatto di pasta, e gli offre anche del vino. Mio nipote rincasa un po' alticcio ma contento del tempo trascorso con Mary. La grande differenza d'età non è comunque d'ostacolo all'amicizia.

Ho quasi ottant'anni, e nelle nostre vite sono cambiate molte cose. Alcuni dei miei migliori amici se ne sono andati — i ragazzi che avevano fatto del Monty Club la loro seconda casa. Ho la fortuna di avere mia moglie e mio fratello Pasquale. Incontro anche altre persone a cui tengo profondamente, come mio cognato Oreste e la sua famiglia. Sono stati molto presenti quando ho rimosso la cataratta e ho dovuto portare per giorni una benda sull'occhio.

Ralph si ferma spesso da noi e mi aiuta con qualche lavoretto. Lui e Mike hanno ripitturato, sostituito il tetto e rinnovato i rivestimenti. Io mi do da fare come posso, sia in giardino che dentro casa. Il giardino è un luogo di meditazione: osservo le piante mentre mi godo un sigaro e rifletto sulla mia esistenza, così ricca di cose belle ma anche terribili, come gli anni a combattere sull'Isonzo. Mi piace regalare un sacchetto di prodotti freschi a chi passa per un saluto.

Pure Mike viene spesso a trovarci. Quand'era piccolissimo lo portavo a tagliare i capelli da Oreste. Mio cognato si era attrezzato di forbici e faceva lui da parrucchiere ai suoi figli. Mike rimase entusiasta quando gli insegnai a fischiare con le dita; a Montenero era utile saperlo fare per mandare segnali attraverso il Pantano. Per Mike, la mia abilità nel divellere le piccole pietre dal giardino con la zappa era come una magia, un'arte simile a quella dei giocatori di golf professionisti, che fanno buca a duecento metri al primo colpo. Gli ho insegnato a lucidare le scarpe, a spazzare con scopa e paletta, ad avvolgere le prolunghe tra la mano e il gomito.

Uno dei nostri passatempi era giocare a dama. Io sedevo sulla mia poltrona preferita, Mike sul pavimento; la scacchiera stava nel mezzo, su uno sgabello. Da quell'angolazione, una volta mio nipote notò una fasciatura, che si intravedeva appena tra il calzino e il pezzo di gamba scoperta. Mi chiese: "Nonno, perché porti quella benda?" Indicando la parte inferiore della gamba, dissi: "Mi hanno colpito durante la guerra, molto tempo fa". Poi indicai anche la coscia e l'altra gamba, nei punti in cui mi avevano sparato.

Povero nipote mio . . . A otto anni era forse troppo giovane per conoscere la verità sulle mie ferite? Non aveva mai sentito parlare della prima guerra mondiale o di qualsiasi altro conflitto. Le poche nozioni le aveva apprese dalla televisione.

"Nonno, hai combattuto gli Indiani d'America?"

"No, accadde in Italia, oltreoceano, prima di trasferirmi qua. Molto, molto tempo prima che tu nascessi."

Il piccolo Mike rimase scioccato nell'apprendere che suo nonno era stato colpito così tante volte. Era perplesso, si chiedeva cosa significasse realmente la parola guerra e quanto spesso si verificassero conflitti del genere.

La memoria mi riportò in trincea, riuscivo persino a sentire l'odore della polvere da sparo. Poi, queste parole mi ricondussero al presente: "Ti voglio bene, nonno. Non voglio che tu soffra."

"Non temere, Michelino," lo rassicurai. "Adesso sto bene e sono qui con te. Giochiamo a dama, ma non farmi vincere come l'ultima volta."

Anni dopo, Mike era al college. Si trovava a casa nostra per il fine settimana, quando arrivò un pacchetto dal Consolato Generale Italiano di Philadelphia. Conteneva una medaglia d'oro per il cinquantesimo anniversario della vittoria del '14-'18 durante la prima guerra mondiale. Mio nipote era ormai pienamente consapevole del mio ruolo in campo militare.

Qualche tempo dopo, arrivò una seconda medaglia, nera con nastro multicolore, che mi conferiva il titolo di Cavaliere dell'Ordine di Vittorio Veneto. Il quinto presidente della Repubblica Italiana, Giuseppe Saragat, la fece realizzare nel 1968. Queste due medaglie si aggiungono a quella di bronzo consegnata ai combattenti delle Nazioni Alleate e Associate durante la prima guerra mondiale.

Le custodisco tutte e tre nella mia scrivania in soggiorno. I miei familiari sanno che si trovano lì, ma gli unici in grado di comprenderne appieno il significato sono coloro che hanno prestato servizio al fronte. È impossibile esprimere a parole i profondi sentimenti che si provano in guerra. Se qualcuno chiedesse di quei lontani giorni sarebbe forse meglio cambiare discorso.

Mike e io abbiamo parlato anche di Montenero, del giardino e di altri argomenti. Mio nipote è il solo ad avermi chiesto della guerra e della mia prigionia. In passato, non credevo che i miei insegnamenti e il mio vissuto fossero importanti. Ero convinto che fosse il tempo trascorso assieme a rendere quei giorni così speciali. Molto dopo, realizzai invece che ciò che rendeva unici i momenti insieme era la condivisione delle mie vicende personali.

Durante il college, Mike è andato in India per studiare al Vivekananda College, presso l'Università di Madras. Il giorno della sua partenza, mia moglie mi vede a capo chino sulla mia poltrona reclinabile. "Michele, stai piangendo? Non ti ho mai visto in questo stato. Vedere nostro nipote partire per una terra straniera ti fa un grande effetto". Sì, la nostra educazione montanara ci impone di non mostrare simili emozioni, perché considerato poco virile.

I miei figli, Philip e Dino, li vedo sempre meno. Immagino siano molto presi dagli impegni familiari e lavorativi. Mike e Sandy sono i nipoti più grandi, per questo li conosciamo bene; degli altri sei sappiamo ben poco. Questa è l'America di oggi, parte del mondo moderno. Le famiglie sono sempre più distanti.

capitolo 10

L'amore e la tosse
non si possono nascondere

L'oscurità della notte sta lentamente cedendo il passo alle ombre sottili del giorno. Per abitudine, mi sveglio sempre all'alba da oltre otto anni; non mi serve alcun orologio. Mi basta lavare il viso con acqua fredda e sono pronto per la giornata. Mi rado, mi vesto e metto su il caffè. Quando l'aroma corposo satura l'aria e la bevanda è pronta per essere versata, è Lucia ad alzarsi.

Vado fuori, accendo un sigaro e osservo il risvegliarsi del giardino al nuovo giorno. Le piante sono coperte di rugiada, che ruzzola giù dalle foglie. A quanto pare, la calendula non ha tenuto alla larga i conigli, ghiotti di lattuga. Siamo a inizio maggio e i fagiolini stanno raggiungendo le cime dei paletti. Dovrei raccogliere i fiori di zucca prima che si chiudano a mezzogiorno, intrappolando le api all'interno dei vivaci petali color ambra. Lucia potrebbe friggerne un po' per pranzo.

Al mattino in giardino si respira un senso di pace e quiete. Anche a Montenero era così, almeno nell'intervallo tra una guerra e l'altra. Immagino di camminare verso il Pantano nella nebbia dell'alba: l'aria è frizzantina e la foschia avvolge quasi tutto, vedo unicamente il sentiero, gli arbusti e gli alberi nelle vicinanze. Man mano che il sole spunta da dietro le montagne, la temperatura aumenta gradualmente e la nebbia pian piano si dirada. I galli cantano, annunciando l'inizio della giornata.

Lucia fa capolino dalla porta a soffietto e urla: "Ehi!

Michele! Stai sognando a occhi aperti e il caffè è traboccato! Che diamine, non ricordi mai di chiudere il gas prima di uscire!"

Finisco il sigaro e torno in cucina. "Scusa, cara. Senza di te, la casa andrebbe in cenere. Sei sempre lì a concludere ciò che inizio. Hai scongiurato diversi incidenti. Ti meriti una medaglia, o quanto meno un grande abbraccio."

Siedo al tavolo. Lucia mi poggia una mano sulla spalla mentre versa il caffè per entrambi. Poi mi chiede cosa preferisco per colazione, se una frittata o un toast.

Oggi non mi sento bene. "No, grazie. Ho lo stomaco sottosopra. Vado a lavorare in giardino, magari con un po' di esercizio fisico starò meglio."

Mi reco in garage per affilare il coltello con cui solitamente colgo gli ortaggi. Lo possiedo da qualche decennio, è lungo quindici centimetri e ha il manico in noce. Quando era nuovo, la lama in acciaio era larga circa cinque centimetri, ma è stata affilata così tante volte da misurarne adesso meno di uno. Mi aggiro per l'orto scegliendo cosa portare a mio fratello. È ancora troppo presto per fargli visita, ci andrò dopo le 10.

Poggio la busta piena sui gradini del garage e inizio a solcare. Non appena faccio pressione sulla pala col piede destro, sento una fitta acuta al fianco. Provo a ignorarla, ma il dolore non accenna ad attenuarsi, anzi pare peggiorare. Decido perciò di rientrare in casa per sdraiarmi sul divano e vedere se passa.

Non riesco a dormire per il dolore, che aumenta a ogni minimo movimento. Verso le 11 la situazione diventa insostenibile. Lucia chiama Ralph per chiedergli di venire durante la pausa pranzo, magari saprà consigliarci un farmaco che possa darmi sollievo.

Mio figlio arriva a mezzogiorno meno un quarto. Nel vedermi sudato e rannicchiato, suggerisce con calma di andare al pronto soccorso per un controllo. Ho difficoltà anche solo a stare in piedi, quindi Ralph mi aiuta a raggiungere la sua auto. È il 7 maggio ed è un lunedì, l'ospedale è poco affollato. Sono contento che non sia successo nel fine settimana. È presto il mio turno e il medico ci riceve.

Nel corso della visita mi vengono rivolte diverse domande, ma non ci sono risposte concrete su quale potrebbe essere l'effettivo problema. Gas? Appendicite? Decidono per il ricovero, in modo che possano indagare e tenermi sotto osservazione. Fanno delle radiografie, prelevano un campione di sangue e uno di urine. Mi somministrano degli antidolorifici e finalmente mi addormento.

Sento delle voci e mi sveglio, non so se sia giorno o notte; dopo poco realizzo che è l'orario delle visite serali. I miei tre figli sono venuti a trovarmi con le loro mogli e Lucia. Parlano con le infermiere, ma non ci sono aggiornamenti sul mio stato. Dovremmo saperne di più entro domani a mezzogiorno. Il dottor Di Stefano, il nostro medico di famiglia, è nato a Montenero. Sarà lui a spiegare tutto sia in inglese che nel nostro dialetto.

Martedì mattina il dottor Di Stefano visiona i referti e non riscontra alcuna patologia. Stando ai risultati, sono in perfetta forma. I miei figli sono in stanza con me e attendono nervosamente di conoscere la causa del mio malessere; le mie nuore e mia nipote Sandy si trovano in sala d'aspetto. Mike è rientrato apposta dal college per starci vicino. Gli altri nipoti, invece, non sono venuti. Il dottor Di Stefano opta per un intervento esplorativo, grazie al quale potrà rintracciare l'origine del dolore e porvi rimedio. L'operazione si svolgerà in serata.

Lucia e i ragazzi trascorrono la notte in sala d'attesa. L'operazione è andata bene. Il dottor Di Stefano ha detto che gli organi interni funzionano alla perfezione. Il dolore dipendeva da un blocco intestinale causato dal tessuto cicatriziale di una vecchia appendicectomia. Ciò può accadere anche a distanza di molti anni, soprattutto se l'intervento non viene eseguito a dovere. Era stato proprio Di Stefano a rimuovere l'appendice quarant'anni prima.

La notizia arreca un grande sollievo a tutta la famiglia. Hanno escluso gravi patologie. Il tessuto cicatriziale è stato eliminato e gli organi interni non mostrano anomalie. Ora ci vorrà solo un po' di tempo per riprendermi dall'operazione. Forse potrò tornare a casa tra un paio di giorni. È meraviglioso che mio fratello Pasquale, due delle sue figlie, mio cognato Oreste e suo figlio Vincent siano venuti a trovarmi. Oggi sono qui anche i nipoti. Si trovano tutti in sala d'attesa ed entrano in stanza a turno per un breve saluto. Mi spiace di essere intubato e non poter parlare.

Il giovedì successivo all'intervento mi rimuovono il tubo per la ventilazione. Non potrò assumere solidi, solo bere acqua. Non riesco a parlare. La lingua e le labbra sono talmente secche che si stanno squamando. Di venerdì mi sento un po' fiacco, ma mi concedono di suggere del ghiaccio. Aspettiamo il via libera del dottore per poter riprendere ad alimentarmi. Gli infermieri non dicono molto, si rimettono alle direttive del chirurgo. Di Stefano è qui in ospedale, ma non è ancora passato in stanza.

Sabato e domenica la situazione rimane inalterata. L'unica differenza è che mi sto indebolendo sempre più. Non mangio, e ormai neppure bevo. Non faccio che riposare con gli occhi chiusi. Dov'è il dottor Di Stefano? Non dovrei poter assumere cibi morbidi, a questo punto? La mia famiglia continua a porsi domande, senza però trovare risposte. L'infermiera si limita a controllare i miei parametri vitali. Stanno ancora aspettando disposizioni dal chirurgo. Ci spiegano che, poiché nel fine settimana lo staff non è al completo, per alcune questioni bisogna attendere il lunedì. Non ci resta che aspettare.

È il 14 maggio. Mi trovo in ospedale da sette giorni. I miei figli arrivano di buon mattino per sincerarsi delle mie condizioni. Sono più debole, i parametri vitali stanno calando. Sono tutti in ansia per me. Il dottore non si è fatto vivo, nonostante i miei figli chiedano aiuto. In serata vengono in visita altri parenti. Giaccio immobile, non riesco a muovermi né ad aprire gli occhi. Posso solo sentire cosa dicono.

Chi è ottimista, chi meno. Non tutti sono allarmati nella stessa misura, e gli argomenti di conversazione sono dei più disparati.

"Avrei dovuto giocare a golf oggi, ma ho annullato per essere qua."

"Mi sto perdendo la puntata della soap opera."

"Mi eserciterò di più per saltare all'indietro con lo skateboard."

"Se muore, chi la prende la scrivania in acero?"

"Posso andare, adesso?"

Alcuni commenti mi fanno piacere:

"Come posso aiutare, Lucia?"

"Avrei sempre voluto chiedergli dei nostri bisnonni."

"Non potrei vivere senza mio marito."

"Farebbe di tutto per te."

"Saremmo dovuti andare a trovarlo più spesso."

Adesso non provo più dolore, né nell'area in cui mi hanno operato né alle labbra, ormai coperte da vesciche. Avverto solo di essere cosciente.

Mi tornano alla mente gli anni trascorsi a Montenero, a coltivare i campi con l'aratro e a falciare il fieno sotto il sole cocente. Nella mia memoria si affollano vivide le migliaia di immagini terrificanti del fronte italiano. È tuttora straziante il pensiero di aver lasciato i miei genitori per emigrare. Lavorare con doppi turni in fabbriche lerce faceva parte del mio destino.

Avrei forse potuto impiegare meglio il mio tempo? Non ho mai voluto sprecarlo. Le ore e i minuti sono un dono speciale, prodigiosi attimi dell'esistenza. Ho faticato per mettere assieme il pranzo con la cena, sia per me che per gli altri; ho combattuto nella speranza che l'umanità ritrovasse la pace. Ho lavorato in negozi e industrie per garantire ai miei genitori, a mia moglie e ai miei figli una vita migliore.

Sono sicuro che avrei potuto ottenere di più se il destino me lo avesse concesso. Non ho un alto grado di istruzione, non ho ereditato o accumulato grandi ricchezze. Ho sempre fatto del mio meglio, pur commettendo alcuni errori lungo il cammino.

Fino ad oggi, della mia famiglia non si è laureato nessuno. I miei figli abitano in case magnifiche, guidano auto e godono di ogni sorta di comfort, tutti agi che in passato avremmo solo potuto sognare. A differenza della vita nel piccolo villaggio di Montenero o nella Little Italy di Erie, ora i parenti vivono molto distanti tra loro. I legami si sono indeboliti, anche all'interno dei singoli nuclei.

Mi dà conforto sentire la mano di mia moglie sulla spalla o la telefonata di un nipote che chiama unicamente per domandare come sto. Senza che qualcuno glielo chiedesse, mio fratello viene a casa per aiutarmi a finire un progetto di costruzione. Mia madre sapeva quali erano i miei cibi preferiti; mio padre mi ha insegnato a trovare gioia nel lavoro e a dare sempre il massimo. Questi segni d'affetto infondono entusiasmo, rendendo la vita degna di essere vissuta. Sono grato a coloro che si sono presi così tanta cura di me. I loro gesti sono palesi dimostrazioni d'amore, che non si può nascondere.

Perché esistono madri incapaci di accudire i propri figli? Non li sentono piangere? Perché c'è chi non regala un sorriso a un amico, sapendolo triste? Forse è semplicemente mancanza di compassione, incapacità di provare empatia.

Ora che la mia fiamma si sta pian piano spegnendo, cosa ne sarà della mia famiglia? Alcuni hanno detto che avrebbero dovuto venire a trovarmi più spesso. Abbandoneranno mia moglie nel momento del dolore, non avendo il tempo per farle visita? La lasceranno sola nella nostra casa vuota?

La luce del giorno sta lentamente cedendo il passo alle ombre sottili della notte.

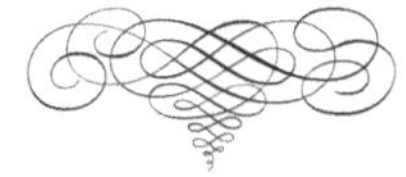

Epilogo

La metafora *dare alla luce* descrive splendidamente l'atto di venire al mondo. L'ho scelta come titolo per questo libro nonché come incipit per il primo capitolo. La luce è inoltre simbolo di intelligenza.

Questo breve romanzo biografico è tratto dalla vita di mio nonno, Michele Antonio Di Marco (1893–1975). Ho raccontato di persone, luoghi e fatti a me noti; parecchi dettagli, invece, ho solo potuto immaginarli, e non ne avrò mai conferma. La trama è basata su eventi realmente accaduti frammisti a elementi di pura fantasia, che aggiungono colore alle zone grigie e ai pezzi mancanti di un mosaico lungo quasi un secolo.

Leggere questo libro è come incontrare mio nonno, conoscerne il vissuto e il carattere. Molti scrittori penseranno che la sua esistenza non è degna di nota né suscita grande interesse. Michele non è un personaggio universalmente noto; a Erie non ci sono strade intitolate a lui. Molti lettori penseranno che la sua storia non è entusiasmante, che non vale la pena perderci tempo. E se sostituissimo il protagonista di questo romanzo con un qualsiasi immigrato?

Di per sé, la vita di mio nonno potrebbe non essere così significativa, ma le vicissitudini di ciascun immigrato hanno sicuramente avuto e continuano ad avere un impatto enorme sul mondo. Ci sono tanti eroi non celebrati le cui vite meritano di essere riconosciute. Questo breve romanzo biografico dovrebbe produrre un'eco in chiunque abbia in famiglia una storia di migrazione.

Non serve essere immigrati per avere un vissuto avvincente. In molti dedicano la propria esistenza agli altri, contrastando il sempre crescente individualismo dei giorni d'oggi. Al lavoro si preferisce lo svago; al sacrificio, l'accumulo materialista di beni di ogni genere.

La vita degli immigrati riflette i valori che più hanno a cuore. Madre Teresa e Al Capone rappresentano due estremi dell'ampio spettro di personalità possibili. Ciò a cui diamo valore svela la nostra indole. Fin dall'infanzia, qualcuno potrebbe sognare di diventare un sicario, qualcun altro invece prediligere l'umorismo. C'è poi chi è compassionevole e si dedica ai bisognosi.

È possibile determinare il nostro carattere? In che misura la volontà è in grado di foggiarlo? Quanto influisce l'ambiente circostante? Un aneddoto cinese, intitolato Fuliggine e rossetto, fornisce un'unica risposta a tutte queste domande: la prima rende sporchi e disgustosi, il secondo abbellisce. Dovremmo pertanto scegliere con cura chi vogliamo nella nostra vita.

Ho voluto onorare la memoria di mio nonno perché uomo degno di lode. Molte persone altrettanto meritevoli vengono troppo spesso ignorate. Ormai anziane, vivono relegate, lontane dagli occhi e dal cuore dei propri cari. I nipoti probabilmente non sanno nulla delle loro vite; i figli potrebbero saperne pochissimo. Questi eroi di cui nessuno parla sono modesti e riservati. Se ci prendessimo il tempo di conoscerli, le loro esistenze potrebbero esserci di grande ispirazione. Naturalmente, non tutti hanno un passato esemplare, ma conoscerlo può aiutarci a comprendere e a giustificare eventuali mancanze e difetti.

Forse questa breve narrazione motiverà i lettori a scoprire le vite dei propri genitori, nonni e di altre persone care. Il tempo di cui dispongono potrebbe essere agli sgoccioli. I loro ricordi non resteranno su un dispositivo, pronti per essere esplorati in un secondo momento.

Sono trascorsi cinquant'anni dalla morte di mio nonno, ma chi l'ha conosciuto ne parla ancora. Sua moglie, Lucia, gli sopravvisse otto anni; suo fratello Pasquale dieci. La sorella, Elvira, trentacinque, mancando per soli sei mesi il suo centodecimo compleanno.

La vecchia casa a Erie, al 949 della 20esima, è ancora in piedi in un quartiere ormai fatiscente. L'orto sul retro si è via via ridotto con l'avvicendarsi dei nuovi proprietari, fino a scomparire. La Saint Joseph's Home for Children sulla sesta strada esiste ancora, strutturalmente solida e bella come un tempo; attualmente ospita una residenza per anziani.

Il lascito di Michele non risiede tanto nelle cose materiali, la sua presenza ha avuto un impatto più o meno rilevante su familiari e amici. Sì, è possibile scorgerlo soprattutto nei tratti somatici della sua prole, che ne ha ereditato i geni, o nella gestualità dei pronipoti. Il suo stile di vita emerge tuttora attraverso gli altri. Ad esempio, nonno attribuiva più valore alla sostanza che all'apparenza. Non gli importava del tappeto logoro in soggiorno; così, anziché comprarne uno nuovo, preferiva dare i propri risparmi ai figli.

La sua esistenza ruotava attorno alla famiglia, per questo lavorava sodo e condivideva le sue fortune. Mio nonno non era e non è il solo portatore di simili valori. In tanti si sono sacrificati come lui, si sono presi cura delle proprie famiglie e hanno avuto compassione per il prossimo. Le brave persone meritano di essere ricordate ed elogiate, a prescindere dalle loro origini.

Nessuno si sarebbe mai immaginato un'affluenza del genere per il funerale di un uomo di ottantun anni. C'erano così tanti fiori, auto e persone che qualcuno pensò fosse morto il sindaco. In molti vennero per ricordare come mio nonno li aveva aiutati, altri per porgere i loro omaggi alla moglie e ai tre figli. Io feci da portatore.

Tutti si aspettavano che mia sorella e io, ormai giovani adulti, partecipassimo alle esequie di amici e conoscenti dei nostri genitori e nonni. Dovevamo vestirci e comportarci adeguatamente; spesso neppure sapevamo chi avremmo visto dentro al feretro circondato da omaggi floreali. In tali occasioni abbiamo comunque avuto modo di conoscere meglio sia il defunto che la sua famiglia. Abbiamo realizzato che il nostro tempo su questa terra non è illimitato.

Con il passare dei decenni, è diventato sempre più evidente che la gente non trova il tempo per partecipare ai funerali, e quando lo fa si presenta in abiti da lavoro o sportivi. Alcuni genitori dispensano i figli da queste incombenze, indebolendo ulteriormente i legami familiari e impedendo loro di comprendere appieno il ciclo della vita.

Il motivo principale per cui ho scritto questo libro è stimolare la curiosità per la vita di chi ci ha preceduto. Abbiate sete di conoscenza, immergetevi nelle profondità del passato. Potreste rimanere sorpresi nell'apprendere aneddoti tanto allegri quanto importanti. I ricordi dei nostri avi nutrono le nostre radici e fanno sì che i rami possano crescere forti e rigogliosi. Lasciatevi ispirare, e magari un domani una persona a voi cara si siederà al vostro fianco per conoscere la vostra storia.

ILLUSTRAZIONI

- IMMAGINE DI COPERTINA: Due donne italiane sedute con un bambino in culla. Opera a carboncino di Kristian Zahrtmann (1834–1912), datata 1889. Metropolitan Museum of Art, numero di registro: 201529. Dominio pubblico (CC0 1.0).
- PAGINA 4: Village of Montenero Val Cocchiara. Scatto dell'autore.
- PAGINA 11: Pantano ai piedi di Montenero Val Cocchiara. Foto di Vincenzo Corona.
- PAGINA 16: Castel Del Monte, Puglia, Italia. Foto di venemama2. Per gentile concessione di Depositphotos.com. ID: 62966209.
- PAGINA 30: *Gli emigranti (1894).* Dipinto di Raffaello Gambogi. Museo Civico Giovanni Fattori, Livorno, Italia. Dominio pubblico.
- PAGINA 36: Cavallo nella valle di Montenero Val Cocchiara. Scatto dell'autore.
- PAGINA 46: Michele Di Marco in uniforme militare. Archivio dell'autore.
- PAGINA 60: *Ragazza greca, Mademoiselle Dobigny.* Olio su tela di Jean Baptiste Camille Corot. Dominio pubblico.
- PAGINA 69: Statua in marmo di Venere e Marte, Antonio Canova, 1822. Foto di perseomedusa. Per gentile concessione di Depositphotos.com. ID: 731047932.
- PAGINA 88–89: Statua di San Clemente. Scatto dell'autore. Processione di San Clemente, 1948. Archivio di Montenero Val Cocchiara.
- PAGINA 93: Foto del passaporto di Michele Di Marco.
- PAGINA 96: Liberty Island fotografata da Don Ramey Logan, da Wikimedia Commons. CC-BY 4.0.
- PAGINA 103: Foto del matrimonio di Lucia Caserta e Michele Di Marco. Archivio dell'autore.
- PAGINA 108: Documento di cittadinanza di Lucia Caserta Di Marco, dall'archivio dell'autore.
- PAGINA 112: *The Red Bull in the Winter Line.* Dipinto di Donna Neary. Ufficio tipografico del governo degli Stati Uniti. Museo militare e biblioteca Pritzker.
- PAGINA 118–119: Adattamento da una mappa topologica militare polacca. L'originale mostra le posizioni delle divisioni alleate e tedesche. Per gentile concessione di Miroslaw Kucharski.
- PAGINA 126: Michele Di Marco e l'autore. Archivio dell'autore.
- PAGINA 149: Donna con sacchetto di cibo. Foto di nejron. Per gentile concessione di Depositphotos.com. ID: 37395947.
- PAGE 147: Donna con tazza. Creata da alfazetchronicles. Per gentile concessione di 123rf.com. ID: 07604760.

DELLO STESSO AUTORE - MICHAEL DIMARCO

Mundunur: Un paese di montagna sotto l'incantesimo del Sud Italia

Mundunur è un tipico villaggio di montagna al confine tra le regioni Abruzzo e Molise. La sua storia è stata segnata dai contatti con numerosi gruppi potenti nel corso di molti secoli. Napoli, cuore politico e culturale del Sud Italia, creò legami che unirono Montenero a un patrimonio comune a tutti coloro che vivono nel soleggiato sud. Chiunque abbia radici nel sud Italia trarrà sicuramente beneficio dalla lettura di questo libro.

17 x 2 x 24.4 cm
copertina flessibile
222 illustrazioni
349 pagine

COMMENTI DEI LETTORI

"Uno studio istruttivo, coinvolgente e suggestivo."
• **Dr. Tommaso Astarita** Georgetown University

"La dovizia di dettagli contraddistingue questa considerevole opera di Michael Di Marco."
• **Dr. Valeria Cocozza** University of Molise

"Una lettura piacevole e istruttiva."
• **Dr. Ray LaVerghetta**, Presidente dell'Abruzzo and Molise Heritage Society, of Washington, D.C.

"*Mundunur* guida in maniera esaustiva i lettori attraverso la storia, la cultura e l'economia del Mezzogiorno italiano."
• **Quaderni d'Italianistic**a, Toronto

"*Mundunur* è un libro informativo sul passato, il presente e il futuro non solo del piccolo borgo di Montenero, ma di tutto il Sud Italia. È stato scritto con amore da uno dei suoi figli."
• **Altreitalie,** Torino, Italy

"Non ho alcuna riserva nel consigliare questo libro agli italofili, nonché alle biblioteche dei college pubblici e delle università."
• **Voices in American Italiana**, New York

Sono disponibili le edizioni inglese e italiana.

Pentro: I Cavalli della Valcocchiara

Questo libro di fiabe finemente illustrato è pensato per far divertire i bambini mentre imparano a conoscere l'equilibrio della natura attraverso i loro nuovi amici, i Pentri. Questi cavalli sono una rara razza italiana allevata in terra aperta tutto l'anno in una "valle a forma di cucchiaio" circondata da montagne. I Pentri vivono nella stessa zona dell'Italia centrale da oltre duemila anni, dal nome della tribù indipendente Pentri che molto tempo fa combatté contro i romani.

La storia presentata potrebbe essere in qualsiasi luogo. È stato scritto affinché il nobile cavallo potesse ispirare i bambini, condividendo la loro prospettiva sulle meraviglie della natura e sul rapporto tra animali, piante e esseri umani.

disponibile sia in formato flessibile
che con copertina rigida
21.59 x 21.59cm, 36 pagine
illustrazioni a colori

Sono disponibili le edizioni inglese e italiana.

VIA MEDIA PUBLISHING